P9-APQ-607

loqueleo

EL LIBRO DE LA SELVA
Título original: *The Jungle Book*
D.R. © del texto: Rudyard Kipling, 1894
D.R. © de las ilustraciones: Yeowon Media, Co., Ltd., 2005
Esta edición en español es publicada por acuerdo de Yeowon Media,
a través de la agencia The ChoiceMaker Korea Co.
D.R. © de la traducción: Enrique Mercado, 2010

D.R. © Editorial Santillana, S.A. de C.V., 2016
      Av. Río Mixcoac 274, piso 4
      Col. Acacias, México, D.F., 03240

Primera edición: noviembre de 2015
Tercera reimpresión: julio de 2016

ISBN: 978-607-01-2814-1

Impreso en México

www.loqueleo.santillana.com

Esta obra se terminó de imprimir en julio de 2016
en los talleres de Editorial Impresora Apolo, S.A. de C.V.
Centeno 150-6, Col. Granjas Esmeralda,
C.P. 09810, México, D.F.

El libro de la selva

Rudyard Kipling

Ilustraciones de Eun Joo Jang
Traducción de Enrique Mercado

loqueleo

Índice

El libro de la selva

Los hermanos de Mowgli

Rann el Halcón apaga el sol
que Mang el Murciélago mata.
Vacadas hay en el corral,
¡vacación hasta la madrugada!
Es hora ya de dignidad,
zarpazo, silencio y oreja.
¡Muy buena caza a toda la raza
que cumple la ley de la selva!

Canción nocturna en la selva

Eran las siete de una noche muy calurosa en las montañas de Seeonee cuando Papá Lobo despertó tras haber descansado todo el día; se rascó, bostezó y estiró las patas una tras otra para dejar de sentir adormiladas las uñas. Echada, Mamá Loba apoyaba su enorme hocico gris sobre sus cuatro cachorros, inquietos y quejumbrosos, y la luna brillaba en la entrada de la cueva donde todos ellos vivían.

–¡Agrrr! –dijo Papá Lobo–. Es hora de volver a cazar.

Estaba por echar a correr colina abajo cuando una pequeña sombra de cola peluda cruzó el umbral y gimoteó:

–¡Que la buena fortuna esté contigo, jefe de los lobos! ¡Y que la buena fortuna y dientes blancos y fuertes estén con tus nobles hijos, para que no olviden nunca a los hambrientos de este mundo!

Era el chacal –Tabaqui, el Lameplatos–, al que los lobos de la India desprecian porque se la pasa haciendo maldades, contando chismes y comiendo inmundicias y sobras de piel en los basureros de las aldeas. Pero también le temen, porque, más que nadie en la selva, Tabaqui tiende a enloquecer, y olvida entonces que un día le tuvo miedo a alguien y atraviesa el bosque mordiendo todo lo que le sale al paso. Aun el tigre corre a esconderse cuando el pequeño Tabaqui se vuelve loco, porque la locura es lo peor que

puede ocurrirle a un animal. Nosotros le llamamos hidrofobia, pero ellos le dicen *dewanee* –demencia–, y le huyen.

–Bueno, entra y mira –dijo fríamente Papá Lobo–, pero aquí no hay comida.

–No para un lobo –replicó Tabaqui–; pero para alguien tan humilde como yo, un hueso duro es un festín. ¿Quiénes somos los Gidur-log [chacales] para exigir?

Se deslizó al fondo de la cueva, donde halló un hueso de gamo con un poco de carne, y se sentó para cascar deleitosamente una punta.

–Muchas gracias por la espléndida comida –dijo, lamiéndose los labios–. ¡Ah! ¡Qué bellos son tus nobles hijos! ¡Qué grandes sus ojos! ¡Y qué jóvenes también! Claro que debí recordar que los hijos de reyes son hombres desde que nacen.

Tabaqui sabía tan bien como cualquiera que no hay nada tan inoportuno como alabar a los hijos en su cara. Le complació ver que Mamá y Papá Lobo parecían incómodos.

Permaneció quieto, regocijándose en la diablura que acababa de hacer, y luego dijo maliciosamente:

–Shere Khan, el Grande, ha cambiado de cazadero. Cazará en estas montañas en la próxima luna, según me dijo.

Shere Khan era el tigre que vivía cerca del río Waingunga, a treinta kilómetros de ahí.

–¡No tiene derecho! –estalló Papá Lobo–. La ley de la selva no le da derecho a cambiar sus lares sin previo aviso. Asustará a todos los animales a quince kilómetros a la redonda, y yo… yo tengo que matar por dos en estos tiempos.

–Su madre no le puso Lungri [el Cojo] por nada –dijo tranquilamente Mamá Loba–. Es rengo de nacimiento. Por eso sólo mata vacas. Los vecinos del Waingunga están enojados con él ahora, y ha venido aquí para enfurecer a los nuestros. Recorrerán la selva buscándolo cuando ya esté lejos, y nosotros y nuestros hijos tendremos que huir cuando prendan fuego a los pastos. ¡Cómo no vamos a estar agradecidos con Shere Khan!

–¿Se lo digo? –preguntó Tabaqui.

–¡Fuera! –explotó Papá Lobo–. Vete a cazar con tu amo. Ya hiciste suficiente daño por una noche.

–Me marcho –musitó Tabaqui–. Pero, ¡oigan! Shere Khan ya está en los matorrales. Pude haberme ahorrado el mensaje.

Papá Lobo prestó atención, y en el valle recortado por un riachuelo oyó el gemido seco, enfadado, huraño y monótono del tigre que no ha atrapado nada y no le importa que toda la selva lo sepa.

–¡Ese insensato! –exclamó Papá Lobo–. ¡Iniciar una noche de trabajo con ese ruido! ¿Acaso cree que nuestros gamos son como sus gruesos bueyes del Waingunga?

–¡Shhh! No es buey ni gamo lo que caza esta noche –repuso Mamá Lobo–. Es un hombre.

El gimoteo se había vuelto una especie de zumbido que parecía llegar de todas partes. Era el rumor que azora a los leñadores y gitanos que duermen al aire libre, y que a veces los lanza justo a la boca del tigre.

–¡Un hombre! –prorrumpió Papá Lobo, dejando ver su blanca dentadura–. ¡Agrr! ¿No hay suficientes escarabajos y ranas en los estanques para que él deba devorar un hombre?, ¡y además en nuestro territorio!

La ley de la selva, que nunca ordena nada sin razón, prohíbe a todas las bestias comer carne humana salvo cuando cazan para enseñar a sus hijos a hacerlo, circunstancia en la que deben matar fuera de los cazaderos de su manada o tribu. El verdadero motivo de esto es que quitar la vida a un hombre significa, tarde o temprano, la llegada de hombres blancos sobre elefantes, con armas, y de cientos de hombres morenos con gongs, cohetes y antorchas. Todos en la selva sufren entonces. La razón que las fieras se dan entre sí es que el hombre es el más débil e indefenso de todos los seres vivos, y resulta antideportivo tocarlo. Dicen

también –y es verdad– que comer carne humana da sarna, y hace que se pierdan los dientes.

El zumbido se hizo más fuerte, y terminó en el "¡Aaarh!" a voz en cuello del ataque del tigre.

Shere Khan aulló entonces, en forma impropia de un felino.

–Falló –dijo Mamá Loba–. ¿Qué sucede?

Papá Lobo corrió afuera y oyó que Shere Khan refunfuñaba y farfullaba furiosamente, revolcándose en la maleza.

–Al necio no se le ocurrió otra cosa que arrojarse sobre la fogata de un leñador, y se quemó las patas –dijo Papá Lobo con un gruñido–. Tabaqui está con él.

–Algo sube por el monte –dijo a su vez Mamá Lobo, levantando una oreja–. Prepárate.

Los arbustos crujieron un tanto en la espesura, y Papá Lobo se agachó, encogiendo las ancas, listo para brincar. De haber mirado, se habría visto entonces la cosa más maravillosa del mundo: un lobo frenado a medio salto. Brincó sin ver sobre qué se arrojaba, y luego intentó detenerse. El resultado fue que salió disparado metro y medio arriba, y aterrizó casi en el mismo sitio.

–¡Un hombre! –estalló–. Un cachorro de hombre. ¡Mira!

Frente a él, colgando de una rama a baja altura, se hallaba un bebé moreno completamente desnudo, que apenas si podía caminar; una cosita tan dulce y risueña como jamás se había presentado de noche en la cueva de un lobo. El nene vio a la cara a Papá Lobo y echó a reír.

–¿Eso es un cachorro de hombre? –preguntó Mamá Loba–. Nunca había visto uno. Tráelo acá.

Un lobo acostumbrado a trasladar a sus crías puede, de ser necesario, llevar un huevo en el hocico sin romperlo; y aunque Papá Lobo tomó al niño entre sus fauces por la espalda, no arañó siquiera su piel con un diente mientras lo acomodaba entre los lobeznos.

–¡Qué pequeño! ¡Qué desnudo, y… qué audaz! –susurró Mamá Loba. El bebé se abría paso entre las crías para calentarse al abrigo de la madre–. ¡Ay! Toma su comida con los otros. Así que esto es un cachorro de hombre. ¿Un lobo ha podido presumir alguna vez de contar con un cachorro de hombre entre sus hijos?

–He oído decir tal cosa en ocasiones, pero nunca en nuestra manada ni en mi tiempo –contestó Papá Lobo–. No tiene un solo pelo, y yo podría quitarle la vida con un zarpazo leve. ¡Pero mira! Voltea a mirarnos sin temor.

La luz de la luna dejó de lucir en la entrada de la cueva, pues en ese momento irrumpieron los hombros y la pesada cabeza de Shere Khan. Tabaqui chillaba detrás de él:

—¡Señor, señor, se metió aquí!

—Shere Khan nos honra con su presencia —dijo Papá Lobo, con los ojos inyectados de cólera—. ¿Qué se te ofrece?

—Mi presa. Un cachorro de hombre pasó por acá —respondió Shere Khan—. Sus padres huyeron. Dámelo.

Shere Khan se había lanzado sobre la fogata de un leñador, como Papá Lobo había dicho, y sus quemadas patas le dolían hasta el delirio. Pero Papá Lobo sabía que en la angosta entrada de la cueva no cabía un tigre. Aun donde estaba, Shere Khan necesitaba espacio para sus encogidos hombros y patas delanteras, como lo necesitaría un hombre que tratara de pelear con otro en un barril.

—Los lobos somos libres —replicó Papá Lobo—. Recibimos órdenes del jefe de la manada, no de un matavacas rayado. El cachorro de hombre es nuestro, para matarlo si queremos.

—¿Cómo que "si queremos"? ¿Qué quieres decir con eso? Por el toro que maté, ¿tengo que olisquear tu perrera en busca de lo que en justicia me pertenece? ¡Es Shere Khan el que habla!

El rugido del tigre hizo retumbar la cueva entera. Mamá Loba se desprendió de sus crías y dio un salto, encendidos los ojos como dos lunas verdes en la tiniebla, frente a la mirada llameante de Shere Khan.

—¡Y la que contesta soy yo, Raksha [el Demonio]! El cachorro de hombre es mío, Lungri, ¡sólo mío! No morirá. Vivirá para correr con la manada y cazar con ella. Y un día, óyelo bien, cazador de cachorros indefensos, comerranas, matapeces, ¡él te dará caza a ti! Fuera de aquí ahora, o por el *sambhur* que maté (yo no como vacas flacas), ¡te aseguro que volverás al lado de tu madre, bestia achicharrada, más coja que como llegaste al mundo! ¡Largo!

Papá Lobo miró sorprendido. Casi había olvidado los días en que ganó a Mamá Lobo en feroz pelea con cinco lobos, cuando ella se integró a la manada y no se le llamó Demonio por mero cumplido. Shere Khan podría haberse enfrentado a Papá Lobo, pero no podía ponerse contra Mamá Loba, porque sabía que ella

estaba en sus terrenos y lucharía a morir. Así que, gruñendo, retrocedió desde la entrada de la cueva, y una vez fuera gritó:

–¡Cada perro ladra en su patio! Ya veremos qué dice la manada sobre la adopción de cachorros humanos. Ese cachorro es mío, y a mi boca vendrá a dar al fin, ¡ladrones de cola peluda!

Mamá Loba se echó resollando entre los lobatos, y Papá Lobo le dijo con gravedad:

–Shere Khan tiene razón. Debemos enseñar el cachorro a la manada. ¿Aun así lo conservarás, Mamá?

–¡Conservarlo! –exclamó ella–. Llegó desnudo, de noche, solo y hambriento, ¡pero no tuvo miedo! Mira, ya hizo a un lado a una de mis crías. ¡Y ese carnicero cojo lo habría matado y habría huido al Waingunga mientras los vecinos registraban nuestras guaridas en venganza! ¿Conservarlo? Por supuesto que lo conservaré. Tranquila, ranita. ¡Oh, Mowgli (porque Mowgli la Rana te llamaré), el día llegará en que cazarás a Shere Khan como él te cazó a ti!

–Pero, ¿qué dirá nuestra manada? –preguntó Papá Lobo.

La ley de la selva establece claramente que, al casarse, un lobo puede dejar la manada a la que pertenece. Pero tan pronto como sus crías son lo bastante grandes para sostenerse en pie, debe llevarlas al consejo de la manada, que por lo general se celebra una vez al mes en luna llena, para que los demás lobos las identifiquen. Tras esa inspección, los lobeznos están en libertad de correr donde les plazca; y hasta que hayan matado su primer gamo, no se acepta que un lobo adulto de la manada mate a uno de ellos sin importar la excusa. El castigo es la muerte donde se halle al asesino; y si se piensa un minuto en esto, se comprenderá que así debe ser.

Papá Lobo esperó a que sus cachorros pudieran correr un poco, y la noche de la reunión de la manada los llevó, junto con Mowgli y Mamá Loba, a la Roca del Consejo, una cima cubierta de piedras y peñascos donde un centenar de lobos podía esconderse. Akela, el gran Lobo Solitario gris, que dirigía a la manada por su fuerza y astucia, estaba echado cuan largo era en su roca, y a sus pies se tendían cuarenta lobos o más de todos tamaños y colores, desde los veteranos color de tejón que dominaban solos a un gamo hasta los jóvenes y negros de tres años, que creían ser capaces de

hacerlo. El Lobo Solitario los encabezaba desde hacía un año. Dos veces había caído en trampas de lobos durante su juventud, y una vez había sido apaleado y dado por muerto, así que conocía los usos y costumbres de los hombres. Se hablaba muy poco en la Roca. Los pequeños retozaban en el centro del círculo formado por sus padres y madres, y de cuando en cuando un lobo mayor se acercaba en silencio a uno de ellos, lo examinaba con cuidado y volvía a su lugar sin hacer ruido. A veces una madre empujaba a su lobato a la luz de la luna, para cerciorarse de que no se le pasara por alto. Akela vociferaba desde su roca:

–¡Ya conocen la ley! ¡Ya conocen la ley! ¡Miren bien, oh lobos!

Y las ansiosas madres repetían el llamado:

–Miren, miren bien, ¡oh, lobos!

Por fin Papá Lobo empujó a "Mowgli la Rana", como le llamaban, al centro, donde se sentó riendo y jugando con unos guijarros que brillaban al claro de luna –y al llegar este momento el pelaje del cuello de Mamá Loba se erizó.

Akela no alzaba nunca la cabeza de entre las patas, así que continuó con su grito monótono:

–¡Miren bien!

Un rugido apagado llegó de detrás de las rocas; era Shere Khan, que bramaba:

–¡Ese cachorro es mío! Dénmelo. ¿Qué tiene que ver el Pueblo Libre con un cachorro humano?

Akela ni siquiera paró las orejas. Todo lo que dijo fue:

–¡Miren bien, oh lobos! ¿Qué tiene que ver el Pueblo Libre con las órdenes de nadie salvo el mismo Pueblo Libre? ¡Miren bien!

Se levantó entonces un coro de graves gruñidos, y un lobo joven en su cuarto año volvió a lanzar a Akela la pregunta de Shere Khan:

–¿Qué tiene que ver el Pueblo Libre con un cachorro humano?

La ley de la selva establece que si hay controversia sobre el derecho de un cachorro a ser aceptado por la manada, a su favor deben hablar al menos dos miembros de la manada que no sean su padre ni su madre.

–¿Quién hablará a favor de este lobezno? –preguntó Akela–. ¿Quién hablará entre el Pueblo Libre?

No hubo respuesta, y Mamá Loba se preparó para la que sabía que sería su última batalla, si las cosas llegaban a tal punto.

En ese momento, el único animal de otra especie permitido en el consejo de la manada –Baloo, el dormilón oso pardo que enseña a los lobatos la ley de la selva; el viejo Baloo que puede ir y venir donde quiera porque sólo come nueces, raíces y miel– se alzó sobre sus cuartos traseros y gruñó:

–El cachorro de hombre, ¿el cachorro de hombre? ¡Yo hablaré en su favor! Un cachorro humano es inofensivo. No poseo el don de la palabra, pero digo la verdad. Que corra con la manada y se cuente entre los otros. Yo seré su maestro.

–Necesitamos uno más –dijo Akela–. Baloo ha hablado, y es el maestro de nuestros jóvenes. ¿Quién hablará aparte de él?

Una sombra oscura se escurrió en el círculo. Era Bagheera, la Pantera Negra, de color azabache, aunque bajo cierta luz se percibían sus manchas como en moaré. Todos la conocían, y nadie osaba cruzarse en su camino, porque era tan astuta como Tabaqui, tan audaz como el búfalo salvaje y tan temeraria como el elefante herido. Sin embargo, su voz era tan dulce como la miel silvestre que gotea de un árbol, y su piel más suave que las plumas.

–¡Akela y Pueblo Libre! –ronroneó ella–. No tengo derecho a participar en su asamblea; pero la ley de la selva dice que si hay una duda que sea asunto de muerte acerca de un nuevo cachorro, la vida de éste puede comprarse a cierto precio. Y la ley no dice quién puede o no pagar tal precio. ¿Tengo razón?

–¡Bien! ¡Bien! –exclamaron los lobos jóvenes, siempre hambrientos–. Escuchen a Bagheera. El cachorro puede comprarse a cierto precio. Es la ley.

–Sabiendo que no tengo derecho a hablar aquí, les pido permiso para hacerlo.

–Habla entonces –chillaron veinte voces.

–Matar a un cachorro indefenso es una vergüenza. Aparte, podría divertirles más cuando sea grande. Baloo ha hablado en su favor. A su palabra añadiré yo un toro, bien robusto, recién sacrificado a menos de un kilómetro de aquí, si ustedes aceptan al cachorro de hombre de acuerdo con la ley. ¿Es difícil hacer esto?

Se elevó un clamor de innumerables voces que decían:

–¿Qué importa? Él morirá en las lluvias de invierno. Se chamuscará bajo el sol. ¿Qué daño puede hacernos una rana indefensa? Que corra con la manada. ¿Dónde está el toro, Bagheera? Aceptémoslo.

Luego resonó el grave aullido de Akela, diciendo:

–Miren bien, miren bien, ¡oh, lobos!

Mowgli seguía tan interesado en los guijarros que no se dio cuenta de que los lobos, uno por uno, se acercaban a observarlo. Al final bajaron la montaña en busca del toro sacrificado, y sólo se quedaron Akela, Bagheera, Baloo y los lobos de Mowgli. Shere Khan volvió a rugir en medio de la noche, furioso de que no le hubieran entregado a Mowgli.

–¡Ruge bien! –dijo Bagheera por lo bajo–, porque llegará el día en que esta cosita insignificante te hará rugir de otro modo, o yo no sé nada de los hombres.

–¡Bien hecho! –dijo Akela–. Los hombres y sus cachorros son muy sabios. Él podría sernos útil con el tiempo.

–Cierto, útil en tiempos de necesidad; porque nadie puede esperar que vayas a dirigir a la manada por siempre –señaló Bagheera.

Akela no dijo nada. Pensó en la hora que les llega a todos los jefes de manada, cuando su fuerza los abandona y se debilitan cada vez más, hasta que al fin los lobos les dan muerte y asciende un nuevo jefe, para ser sacrificado llegado el momento.

–Llévatelo –le dijo a Papá Lobo–, y edúcalo como corresponde a un miembro del Pueblo Libre.

Fue así como Mowgli pasó a formar parte de la manada de lobos de Seeonee por el precio de un toro y gracias a las palabras de Baloo.

Demos ahora un salto de diez u once años, y sólo imaginemos la maravillosa vida que Mowgli llevó entre los lobos, porque si se le escribiera llenaría muchos libros. Creció con las crías, aunque éstas, desde luego, fueron lobos adultos antes siquiera de que él se convirtiera en niño. Y Papá Lobo le enseñó su oficio, y el significado de las cosas en la selva, hasta que cada crujido en la hierba, cada ráfaga del aire cálido de la noche, cada nota de los búhos sobre su cabeza, cada rasguño de las garras de un murciélago al posarse un momento en un árbol y cada chapuzón de los pequeños peces al saltar en una charca terminaron por significar tanto para él como el trabajo de oficina para un hombre de negocios. Cuando no tomaba lecciones, Mowgli se tendía a dormir bajo el sol, y comía y se volvía a dormir. Cuando se sentía sucio o acalorado, nadaba en las charcas del bosque; y cuando quería miel (Baloo le dijo que la miel y las nueces eran tan sabrosas como la carne cruda), trepaba a los árboles en su busca, algo que Bagheera le enseñó a hacer. Bagheera se echaba en una rama y le decía: "Ven acá, Hermanito"; y Mowgli se agarraba al principio como un perezoso, pero tiempo después ya se lanzaba entre las ramas casi con el mismo arrojo del mono gris. Ocupaba también su lugar en la Roca del Consejo, cuando se reunía la manada, y ahí descubrió que si miraba fijamente a un lobo, éste se veía obligado a bajar los ojos, así que dio en mirarlos por diversión. Otras veces les sacaba a sus amigos las largas espinas que se les metían en las patas, porque espinas y abrojos en su pelaje hacen sufrir mucho a los lobos. De noche bajaba por la ladera hasta las tierras de cultivo, y observaba con curiosidad a los lugareños en sus cabañas, pero desconfiaba de los hombres, porque Bagheera le enseñó una caja cuadrada con una puerta caediza tan hábilmente escondida en la selva que estuvo cerca de entrar en ella, y le dijo que era una trampa. Lo que más le gustaba era llegar con Bagheera hasta el centro cálido y oscuro del bosque, dormir todo el santo día y ver cazar de noche a Bagheera. Ésta mataba a diestra y siniestra cuando tenía hambre, y Mowgli hacía lo mismo, con una excepción. Tan pronto como tuvo edad para entender las cosas, Bagheera le dijo que nunca debía tocar al ganado, porque su ingreso en la manada se había pagado al precio de la vida de un toro.

–Toda la selva es tuya –explicó Bagheera–, y puedes matar cuanto seas capaz; pero en nombre del toro que pagó tu pertenencia a la manada, nunca mates ni comas ganado, joven ni maduro. Ésta es la ley de la selva.

Mowgli obedeció estrictamente.

Y creció fuerte como ha de hacerlo un muchacho que no sabe que aprende lecciones, y que no tiene nada en el mundo en que pensar que no sea su comida.

Mamá Loba le dijo una o dos veces que Shere Khan no era de confiar, y que un día él tendría que matarlo. Pero mientras que un lobo joven habría recordado cada hora ese consejo, Mowgli lo

olvidó, porque era apenas un niño, aunque se habría nombrado lobo a sí mismo si hubiera podido hablar en una lengua humana.

Shere Khan se le cruzaba siempre en la selva, porque, conforme Akela envejecía y se debilitaba, el tigre cojo se hacía muy amigo de los lobos más jóvenes de la manada, quienes lo seguían en pos de sus sobras, algo que Akela jamás habría permitido si se hubiera atrevido a ejercer su autoridad de manera apropiada. Shere Khan los adulaba y se sorprendía de que tan buenos y jóvenes cazadores se contentaran con tener por jefe a un lobo agonizante y un cachorro humano.

—Me cuentan —les decía— que en el consejo no se atreven a mirarlo a los ojos.

Y los jóvenes lobos gruñían y se irritaban.

Bagheera, que tenía ojos y oídos en todas partes, se enteró de esto, y en una o dos ocasiones le dijo claramente a Mowgli que Shere Khan lo mataría un día. Mowgli se reía y contestaba:

—Tengo a la manada y te tengo a ti; y aunque es muy flojo, Baloo podría asestar uno o dos golpes en mi favor. Entonces ¿a qué temer?

Un día muy caluroso se le ocurrió a Bagheera una idea, que nació de algo que había oído, quizá se lo había confiado Ikki el Puercoespín, por ello le dijo a Mowgli en plena selva, que se encontraba tendido con la cabeza sobre su hermosa piel negra:

—Hermanito, ¿cuántas veces te he dicho que Shere Khan es tu enemigo?

—Tantas como frutos tiene esa palmera —respondió Mowgli, que, lógicamente, no sabía contar—. ¿Y qué con 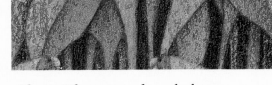 eso? Tengo sueño, Bagheera, y Shere Khan es todo cola larga y palabras estruendosas, como Mao, el Pavorreal.

—Pero no es hora de dormir. Baloo lo sabe, yo lo sé, la manada lo sabe, y hasta el necio venado lo sabe. También Tabaqui te lo ha dicho.

—¡Oh, oh! —repuso Mowgli—. No hace mucho Tabaqui vino a mí con rudas palabras, diciéndome que era un pobre cachorro de hombre incapaz siquiera de cascar nueces. Pero yo lo agarré de la cola y lo lancé dos veces contra una palmera, para enseñarle mejores modales.

–¡Qué tontería! Porque aunque Tabaqui es maldoso, te dijo algo que concierne a tu persona. Abre los ojos, Hermanito. Shere Khan no se atreverá a matarte en la selva. Pero recuerda que Akela ya está muy viejo, y pronto llegará el día en que no pueda matar al gamo, y dejará de ser jefe. Muchos de los lobos que te examinaron cuando fuiste llevado por primera vez al consejo son viejos también, y los lobos jóvenes creen, como Shere Khan les ha enseñado, que un cachorro de hombre no tiene cabida en la manada. Dentro de poco serás un hombre.

–¿Y qué es de un hombre que no puede correr con sus hermanos? –inquirió Mowgli–. Yo nací en la selva. He obedecido la ley de la selva, y no hay un solo lobo de los nuestros de cuyas patas no haya sacado una espina. ¡Ellos son mis hermanos!

Bagheera se estiró cuan larga era y entrecerró los ojos.

–Hermanito –le dijo–, toca debajo de mi quijada.

Mowgli levantó la mano, fuerte y morena, y justo bajo el sedoso mentón de Bagheera, donde los gigantescos y ondulados músculos estaban completamente ocultos por el pelo brillante, dio con una pequeña área calva.

–Nadie en la selva sabe que yo, Bagheera, llevo esta marca, la marca del collar; pero, Hermanito, nací entre los hombres, y fue entre ellos que murió mi madre, en las jaulas del palacio real en Oodeypore. Por eso pagué por ti el precio en el consejo, cuando eras un cachorrillo indefenso. Sí, yo también nací entre los hombres. Nunca había visto la selva. Me alimentaban a través de barrotes en un cazo de fierro, hasta que una noche sentí que era Bagheera, la Pantera, y no un juguete de los hombres, y rompí el ridículo cerrojo de un zarpazo y escapé. Y como había aprendido las costumbres de los hombres, en la selva me volví más terrible que Shere Khan, ¿no es así?

–Sí –contestó Mowgli–, toda la selva teme a Bagheera, todos menos Mowgli.

–Tú eres un cachorro de hombre –dijo la Pantera Negra con ternura–. Y así como yo regresé a mi selva, al final tú tendrás que volver con los tuyos (con los hombres, que son tus hermanos) si antes no mueres en el consejo.

–¿Pero por qué? ¿Por qué alguien querría matarme? –preguntó Mowgli.

–Mírame –respondió Bagheera.

Y Mowgli la vio fijamente a los ojos. La gran pantera volvió la cabeza medio minuto después.

—Por esto —dijo, moviendo la pata sobre las hojas—. Ni siquiera yo puedo mirarte a los ojos, y eso que nací entre los hombres y te quiero, Hermanito. Los demás te odian porque sus ojos no pueden encontrarse con los tuyos, porque eres sabio, porque les has quitado espinas de las patas… Porque eres un hombre.

—Yo no sabía estas cosas —dijo Mowgli con resentimiento, frunciendo el ceño entre sus espesas cejas negras.

—¿Qué dice la ley de la selva? Pega primero y avisa después. Por tu misma despreocupación ellos saben que eres un hombre. Pero sé prudente. Mi corazón me dice que cuando Akela falle su siguiente caza (y cada vez le cuesta más atrapar al gamo), la manada se volverá contra él y contra ti. Celebrará un consejo en la Roca, y entonces… y entonces… ¡lo tengo! —exclamó Bagheera, dando un salto—. ¡Corre a las chozas de los hombres en el valle y toma un poco de la Flor Roja que cultivan ahí, para que, llegado el momento, tengas un amigo aún más fuerte que yo, Baloo o los que te estiman en la manada! Ve en busca de la Flor Roja.

Por Flor Roja Bagheera quería decir fuego, pero en la selva ningún animal llama al fuego por su nombre. Todas las fieras le temen a muerte, e inventan cientos de formas de describirlo.

—¿La Flor Roja? —indagó Mowgli—. Crece fuera de sus cabañas al anochecer. Conseguiré un poco.

—¡Así habla un cachorro de hombre! —profirió orgullosamente Bagheera—. Recuerda que crece en macetas pequeñas. Obtén una pronto, y guárdala para un momento de necesidad.

—¡Bueno! —dijo Mowgli—. Iré. ¿Pero estás segura, Bagheera —y resbaló su brazo alrededor del espléndido cuello de ella, mirando fijamente sus grandes ojos—, de que todo esto es obra de Shere Khan?

–¡Por el cerrojo roto que me liberó, estoy segura, Hermanito!

–Entonces, por el toro que pagó mi ingreso a la manada, saldaré mi cuenta con Shere Khan, y puede ser que hasta un poco más –dijo Mowgli, y se marchó.

"Éste sí que es un hombre. Todo un hombre", se dijo Bagheera, echándose de nuevo. "¡Ay, Shere Khan! ¡Nunca hubo caza más funesta de la rana hace diez años que la tuya!".

Mowgli se internaba cada vez más en el bosque, corriendo a toda prisa y con el corazón ardiente. Llegó a la cueva cuando se elevaba la neblina de la noche, tomó aliento y miró el valle. Los lobeznos no estaban, pero Mamá Loba, al fondo de la cueva, supo por su respiración que algo inquietaba a su rana.

–¿Qué ocurre, hijo? –le preguntó.

–Habladurías de Shere Khan –contestó Mowgli–. Esta noche cazaré entre los campos arados –y se sumergió en la maleza, hasta el riachuelo al fondo del valle. Ahí se detuvo, porque oyó el grito de caza de la manada, el bramido de un *sambhur* atrapado y el resoplido de un gamo mantenido a raya. Luego resonaron aullidos malévolos y enconados de los lobos jóvenes:

–¡Akela! ¡Akela! Que el Lobo Solitario muestre su fuerza. ¡Abran espacio al jefe de la manada! ¡Salta, Akela!

Sin duda el Lobo Solitario saltó y erró el golpe, porque Mowgli oyó el chasquido de sus dientes, y luego el gañido del *sambhur* al pegarle con una pata.

No esperó más, sino que siguió su camino. Los gritos se desvanecieron tras él mientras se adentraba en las tierras de cultivo donde los lugareños vivían.

"Bagheera tenía razón", se dijo jadeando y acurrucándose en un montón de forraje junto a la ventana de una cabaña. "Mañana será un día importante para Akela y para mí."

Luego pegó la cara contra la ventana y vio el fuego en la chimenea. Vio que la mujer del labriego se levantaba y lo alimentaba durante la noche con pedazos de algo negro. Y cuando llegó la mañana, en medio de una niebla blanca y fría, vio que el hijo del hombre tomaba una maceta de mimbre rellena de tierra, metía en ella trozos de carbón al rojo vivo, la ponía bajo una manta y salía a atender a las vacas en el establo.

"¿Eso es todo?", se preguntó Mowgli. "Si un cachorro puede hacerlo, no hay nada que temer."

Así que dobló la esquina y enfrentó al chico, le arrebató la maceta y desapareció en la neblina mientras el muchacho aullaba de terror.

"Se parecen mucho a mí", se dijo Mowgli, soplando en la maceta como había visto hacer a la mujer. "Esto morirá si no le doy de comer", y arrojaba varitas y corteza seca sobre aquella cosa roja. A mitad de la montaña encontró a Bagheera; el rocío de la mañana brillaba en su pelaje como piedras preciosas.

–Akela erró el golpe –le dijo la Pantera–. Lo habrían matado anoche, pero te necesitaban también a ti. Te buscaron en la colina.

–Estaba entre las tierras aradas. Estoy listo. ¡Mira! –y Mowgli sostuvo en alto la maceta del fuego.

–¡Muy bien! He visto que los hombres lanzan una rama seca sobre esto, y al instante la Flor Roja brota en la punta. ¿No te da miedo?

–No, ¿por qué habría de temer? Ahora recuerdo (si es que no fue un sueño) que antes de ser lobo me acostaba junto a la Flor Roja, y que era caliente y agradable.

Todo ese día Mowgli se quedó en la cueva cuidando su maceta de fuego y echando ramas secas en ella para ver cómo ardían. Halló una rama que le satisfizo, y al anochecer, cuando Tabaqui llegó a la cueva para decirle groseramente que se le requería en la Roca del Consejo, rio hasta que Tabaqui salió disparado. Mowgli se dirigió entonces al Consejo, riendo todavía.

Akela, el Lobo Solitario, estaba tendido a un lado de su roca, en señal de que la jefatura de la manada se hallaba vacía, y Shere Khan iba y venía entre lisonjas con su séquito de lobos saciados de sobras. Bagheera se echó junto a Mowgli, quien tenía la maceta del fuego entre las rodillas. Una vez reunidos todos, Shere Khan tomó la palabra, algo que no se habría atrevido a hacer cuando Akela estaba en su gloria.

–No tiene derecho a hablar –murmuró Bagheera–. Dilo. Es hijo de perro. Se asustará.

Mowgli se puso de pie de un salto.

–¡Pueblo Libre! –vociferó–, ¿acaso Shere Khan dirige a la manada? ¿Qué tiene que ver un tigre con nuestra jefatura?

–Al ver vacía la jefatura y como se me pidió hablar… –comenzó Shere Khan.

–¿Quién te lo pidió? –interrogó Mowgli–. ¿Somos acaso chacales para adular a este carnicero de vacas? La jefatura de la manada sólo corresponde a la manada.

Hubo gritos de "¡Silencio, cachorro de hombre!", "¡Déjenlo hablar! Ha guardado nuestra ley"; y por fin los ancianos de la manada sentenciaron:

–Que hable el Lobo Muerto.

Cuando un jefe de la manada yerra el golpe, se le llama Lobo Muerto mientras vive, que no es mucho tiempo.

Akela alzó fatigosamente su vieja cabeza:

–¡Pueblo Libre, y también ustedes, chacales de Shere Khan! Los dirigí en la caza durante doce estaciones, y nadie fue atrapado ni mutilado jamás. Ahora he errado el golpe. Ustedes saben cómo se fraguó esta conspiración. Cómo fui llevado ante un gamo no probado aún para exhibir mi debilidad. ¡Qué gran astucia! Su derecho es matarme aquí en la Roca del Consejo, ahora mismo. Por tanto, pregunto: ¿quién pondrá fin al Lobo Solitario? Porque, por la ley de la selva, tengo derecho a recibirlos uno por uno.

Se hizo un largo silencio, pues ninguno de los lobos se atrevía a retar a muerte a Akela. Entonces Shere Khan rugió:

–¡Bah! ¿Qué nos importa a nosotros este bruto desdentado? ¡Está condenado a muerte! El cachorro de hombre es el que ha vivido demasiado. Pueblo Libre, él fue mi presa desde el principio. Dénmelo. Ya estoy harto de esta tontería del hombre lobo. Él ha perturbado la selva durante diez estaciones. Denme al cachorro de hombre, o cazaré siempre aquí y no les daré un solo hueso. Es hombre, hijo de hombre ¡y lo odio hasta la médula de mis huesos!

Más de la mitad de la manada aulló luego:

–¡Un hombre! ¡Un hombre! ¿Qué tiene que ver con nosotros un hombre? ¡Que se vaya adonde pertenece!

–¿Y poner en contra nuestra a la gente de las aldeas? –clamó Shere Khan–. No, dénmelo a mí. Es un hombre, y ninguno de nosotros puede mirarlo a los ojos.

Akela levantó una vez más la cabeza y dijo:

—Él ha comido de nuestra mesa. Ha dormido con nosotros. Nos ha dado caza. No ha quebrantado la palabra de la ley de la selva.

—Además, yo pagué por él un toro cuando fue aceptado. Un toro vale poco, pero el honor de Bagheera es algo por lo cual tal vez estaría dispuesta a pelear —dijo la pantera con su tono más amable.

—¡Un toro que se pagó hace diez años! —gruñó la manada—. ¿Qué nos importan unos huesos con diez años de antigüedad?

—¿O una promesa? —preguntó Bagheera, mostrando sus blancos dientes entre los labios—. ¡No por nada se les llama Pueblo Libre!

—¡Ningún cachorro de hombre puede correr con el pueblo de la selva! —aulló Shere Khan—. ¡Dénmelo a mí!

—Es nuestro hermano en todo menos de sangre —añadió Akela—, ¡y ustedes lo matarían aquí mismo! En verdad he vivido demasiado. Algunos de ustedes comen ganado, y de otros he oído decir que, por enseñanzas de Shere Khan, se deslizan en la oscuridad de la noche y arrebatan niños de la puerta de los vecinos. Por ello, sé que son cobardes, y que hablo a cobardes. Es cierto que debo morir, y que mi vida nada vale ya, o de lo contrario la ofrecería a cambio de la del cachorro de hombre. Pero por el honor de la manada (una minucia que, por no tener jefe, ustedes han olvidado), prometo que si dejan ir al cachorro de hombre adonde pertenece, cuando llegue la hora de mi muerte no enseñaré los dientes. Moriré sin pelear. Esto le ahorrará a la manada al menos tres vidas. Más no puedo hacer; pero si ustedes aceptan, puedo librarlos de la vergüenza de matar a un hermano sobre el que no pesa falta alguna, un hermano a favor del cual se habló y cuyo ingreso a la manada se pagó conforme a la ley de la selva.

—¡Es un hombre… un hombre… un hombre! —gruñó la manada. Y la mayoría de los lobos rodeó a Shere Khan, cuya cola comenzaba a latiguear.

—El asunto está ahora en tus manos —dijo Bagheera a Mowgli—. No podremos hacer otra cosa que pelear.

Mowgli se irguió, portando la maceta del fuego. Estiró los brazos y bostezó de cara al consejo; pero estaba furioso y triste,

porque, como correspondía a su naturaleza, los lobos jamás le habían dicho cuánto lo odiaban.

–¡Escúchenme! –gritó–. No hay necesidad de esa cháchara de perros. Esta noche me han dicho tantas veces que soy un hombre (aunque habría sido un lobo con ustedes hasta el fin de mis días) que siento que sus palabras son verdaderas. Así que dejaré de llamarles hermanos míos, y les diré *sag* [perros], como les llamaría un hombre. Lo que ustedes harán o no, no les corresponde decirlo. Eso me toca a mí, y podemos ver más claro las cosas: yo, el hombre, he traído aquí un poco de la Flor Roja que ustedes, los perros, temen.

Lanzó al piso la maceta del fuego, y algunas brasas encendieron un montón de musgo seco, que ardió al instante, mientras el consejo retrocedía aterrado ante las llamas inquietas.

Mowgli arrojó al fuego su rama seca hasta que las varas se encendieron y crujieron, y la agitó sobre su cabeza entre los acobardados lobos.

–¡Eres el amo! –le dijo Bagheera por lo bajo–. Salva a Akela de la muerte. Siempre fue tu amigo.

Akela, el lobo viejo y sombrío que nunca en su vida había pedido misericordia, miró con tristeza a Mowgli, quien, completamente desnudo, se erguía con su larga cabellera negra sobre los hombros a la luz de la rama ardiente, a cuyo influjo las sombras saltaban y se estremecían.

–¡Bueno! –dijo Mowgli, paseando lentamente la mirada a su alrededor–. Ya veo que son perros. Los dejaré por mi gente, si en verdad lo es. La selva está vedada para mí, y debo olvidar sus palabras y su compañía. Pero seré más generoso que ustedes. Porque fui su hermano en todo menos de sangre, prometo que, cuando sea un hombre entre los hombres, no los traicionaré ante ellos como ustedes me traicionaron a mí –pateó el fuego, y volaron chispas–. Que no haya guerra entre nosotros en la manada. Pero antes de irme debo pagar una deuda –llegó hasta donde Shere Khan parpadeaba tontamente frente a las llamas, y lo tomó de la barbilla. Bagheera lo siguió por si acaso–. ¡Arriba, perro! –gritó Mowgli–. ¡Ponte de pie cuando te habla un hombre, o prenderé fuego a tu pelaje!

Shere Khan abatió las orejas sobre su cabeza y cerró los ojos, porque la rama ardiente estaba muy cerca.

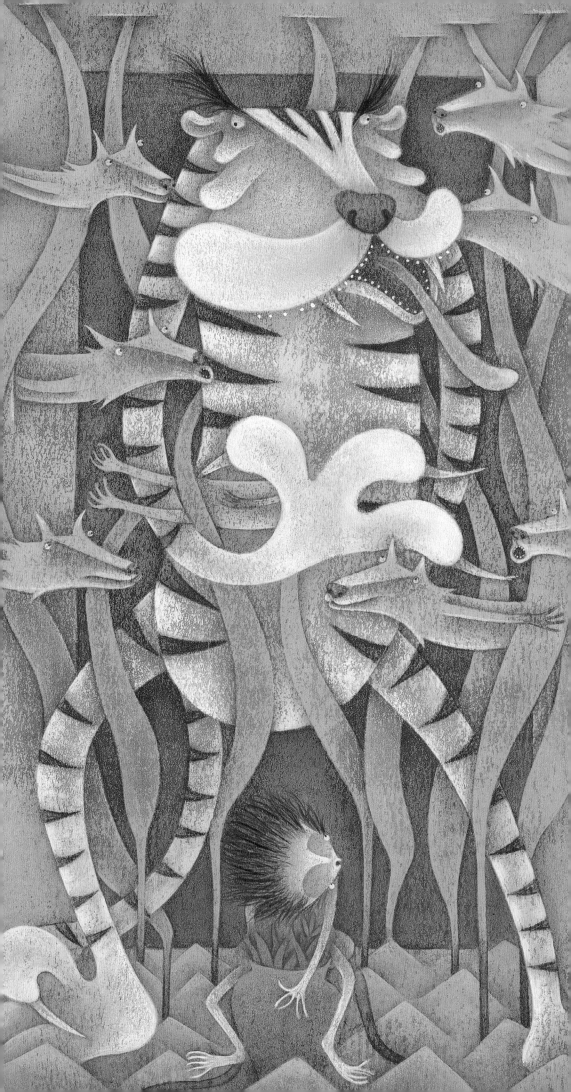

–¡Este matavacas dijo que me daría muerte en el consejo porque no me mató cuando cachorro! Así tundimos los hombres a los perros. ¡Si mueves uno solo de tus bigotes, Lungri, te hundiré la Flor Roja en el gaznate!

Le pegó en la cabeza con la rama, y el tigre chilló y gimoteó, muerto de miedo.

–¡Bah! Gato chamuscado de la selva, ¡lárgate ya! Pero recuerda que la próxima vez que venga a la Roca del Consejo, lo haré como un hombre, con tu piel sobre mi cabeza. En cuanto al resto, Akela está en libertad de vivir como le plazca. Ustedes no lo matarán, porque no es ésa mi voluntad. No creo tampoco que deban seguir aquí, soltando la lengua como si fueran alguien, y no perros a los que yo despacho. ¡Largo!

El fuego ardía furiosamente en la punta de la rama, y Mowgli recorrió el círculo, al tiempo que los lobos huían aullando y las chispas les quemaban la piel. Al final sólo quedaron Akela, Bagheera y quizá diez lobos que se habían puesto del lado de Mowgli. Algo empezó entonces a lastimar a éste en su interior, como nunca antes, así que tomó aliento y sollozó, dejando correr lágrimas por sus mejillas.

–¿Qué es esto? ¿Qué es esto? –exclamó–. No quiero irme de la selva, y no sé qué me pasa. ¿Me estoy muriendo, Bagheera?

–No, Hermanito. Son sólo lágrimas como las que los hombres acostumbran –contestó ella–. Ahora sé que eres un hombre, ya no cachorro humano. Cierto, la selva estará vedada para ti en adelante. Déjalas correr, Mowgli. Son sólo lágrimas.

Él se sentó y lloró como si el corazón se le rompiera en pedazos; nunca antes había llorado.

–Me marcho ya con los hombres –dijo–. Pero primero debo despedirme de mi madre.

Fue a la cueva donde ella vivía con Papá Lobo, y lloró sobre su pelaje, mientras los cuatro lobeznos aullaban sombríamente.

–¿No me olvidarán? –preguntó Mowgli.

–Nunca mientras podamos seguir tu rastro –respondieron las crías–. Ven al pie de la montaña cuando seas hombre, y hablaremos contigo; e iremos a las tierras de cultivo para jugar juntos de noche.

–¡Vuelve pronto! –clamó Papá Lobo–. ¡Ay, ranita sabia, vuelve pronto, porque tu madre y yo ya somos viejos!

–Vuelve pronto –le dijo Mamá Lobo–, pequeño e indefenso hijo mío. Porque, óyelo bien, hijo de hombre, ¡te quise más a ti que a mis propios cachorros!

–Claro que volveré –replicó Mowgli–. Y cuando venga, será para extender la piel de Shere Khan en la Roca del Consejo. ¡No me olviden! ¡Digan a los de la selva que nunca me olviden!

Rompía el alba cuando Mowgli bajó solo por la ladera, para encontrarse con esos seres misteriosos llamados hombres.

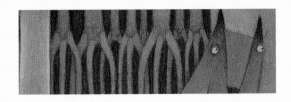

Canción de caza de la manada de Seeonee

Baló el *sambhur* al romper el alba
¡una, dos veces y más!
Y un gamo saltó, y un gamo saltó
en la charca del bosque que el ciervo bebió.
Esto vi en mi avanzada, ¡una, dos veces y más!
Baló el *sambhur* al romper el alba ¡una, dos veces y más!
Y un lobo corrió, y un lobo corrió
y a la alerta manada avisó.
Nosotros seguimos su rastro hasta aullar
¡una, dos veces y más!
Bramó la manada al romper el alba
¡una, dos veces y más!
¡Pies en la jungla que no dejan huella!
¡Ojos que ven en la oscura tiniebla!
¡Oye el batir y sonar de la lengua
una, dos veces y más!

La caza de Kaa

Al leopardo le encantan sus manchas
y los búfalos precian sus cuernos.
El que caza delata su fuerza en el vivo brillar de su cuero.
Si tú crees que los bueyes te siguen no te puede cornear el *sambhur*,
hace diez temporadas sabemos,
no repitas sin más ese albur.
No desaires las crías ajenas,
es mejor que las llames hermanas;
por pequeñas y torpes que sean,
bien podría ser la osa su mamá.
"¡Soy genial!", dice el lobo orgulloso
de haber hecho su presa inicial;
mas la selva es enorme. Tú deja
que lo crea: da lo mismo e igual.

Máximas de Baloo

Todo lo que aquí se cuenta sucedió tiempo antes de que Mowgli fuera echado de la manada de lobos de Seeonee, o de que se vengara de Shere Khan, el tigre. Fue en los días en que Baloo le enseñaba la ley de la selva. Serio, viejo y enorme, el oso pardo estaba encantado de tener un pupilo tan listo, porque los lobos jóvenes sólo aprenden lo que de la ley de la selva se aplica a su propia manada y tribu, y desertan tan pronto como pueden repetir la *Canción de caza*: "Pies que no hacen ruido; ojos que ven en lo oscuro; orejas que oyen el viento en la guarida, y dientes blancos y afilados son los atributos de nuestros hermanos, salvo Tabaqui, el Chacal, y la Hiena, a los que odiamos". Pero Mowgli, como cachorro humano, tuvo que aprender mucho más que eso. A veces Bagheera, la Pantera Negra, curioseaba por la selva para ver cómo le iba a su mascota, y ronroneaba con la cabeza contra un árbol mientras Mowgli recitaba ante Baloo la lección del día. El muchacho trepaba a los árboles casi tan bien como nadaba, y nadaba casi tan bien como corría. Así que Baloo, el maestro de la ley, le enseñó las leyes del bosque y el agua: cómo distinguir una rama podrida de una sana; cómo hablar con cortesía a las abejas silvestres al topar con una colmena a quince metros del suelo; qué decir a Mang, el Murciélago, cuando lo molestara en las ramas a mediodía, y cómo avisar a las serpientes de agua en las lagunas que se zambulliría entre ellas. A nadie en la selva le gusta que lo perturben, y todos están prestos a expulsar a un intruso. Así pues, Mowgli también aprendió el llamado de caza de los ajenos, que ha de repetirse en voz alta hasta ser contestado cada vez que un habitante de la selva cace fuera de sus terrenos. He aquí su traducción: "Dame permiso para cazar aquí, porque tengo hambre". Y la respuesta es: "Caza entonces por necesidad, pero no por placer".

Todo esto revela cuánto tuvo que aprender de memoria Mowgli, y que le fastidiaba decir lo mismo más de cien veces. Pero como dijo Baloo a Bagheera un día en que Mowgli recibió un coscorrón e hizo un berrinche:

–Un cachorro de hombre es un cachorro de hombre, y debe aprender toda la ley de la selva.

–Pero piensa que es muy chico aún –repuso la Pantera Negra, que habría mimado a Mowgli de haber podido–. ¿Cómo puede guardar en su cabecita todo lo que le dices?

–¿Hay algo en la selva demasiado pequeño para que se le atrape? No. Por eso le enseño estas cosas, y por eso le pego, muy suavemente, cuando las olvida.

–¡Muy suavemente! ¿Qué sabes tú de suavidad, viejo patas de hierro? –gruñó Bagheera–. Mowgli tiene hoy la cara toda moreteada. Suavidad. ¡Uf!

–Es mejor que lo magulle de pies a cabeza yo, que lo quiero, a que sufra un daño por ignorancia –contestó Baloo, muy serio–. Ahora le estoy enseñando las palabras mágicas de la selva, que lo protegerán de las aves y las serpientes y todos los que cazan en cuatro patas, salvo su propia manada. Con sólo recordar esas palabras, podrá pedir protección a todos en la selva. ¿Esto no vale unos golpecitos?

–Bueno, sólo cuida de no matarlo. No es un tronco en el que puedas afilar tus garras. Pero, ¿cuáles son esas palabras mágicas? Es más probable que yo preste ayuda a que la pida –dijo Bagheera, estirando una pata y admirando sus aceradas zarpas de cincel–, pero de todas maneras me gustaría saberlo.

–Llamaré a Mowgli para que te las diga, si quiere. ¡Ven acá, Hermanito!

–La cabeza me zumba como un árbol lleno de abejas –dijo una vocecita resentida sobre sus cabezas, y Mowgli resbaló por un

tronco, muy molesto e indignado, añadiendo al llegar al suelo–: Vengo por Bagheera, ¡no por ti, viejo y gordo Baloo!

–Igual me da –repuso Baloo, aunque se sintió herido y agraviado–. Dile a Bagheera entonces las palabras mágicas de la selva que te acabo de enseñar.

–¿Las palabras mágicas para qué pueblo? –preguntó Mowgli, encantado de poder presumir–. En la selva hay muchas lenguas. Ya las sé todas.

–Sabes un poco, pero no mucho. ¡Ay, Bagheera! Nunca le dan las gracias a su maestro. Ni un solo lobezno ha vuelto jamás a agradecerle al viejo Baloo sus enseñanzas. Bueno, di las palabras para el pueblo de los cazadores, gran sabio.

–Somos de la misma sangre, tú y yo –recitó Mowgli, con el acento de oso propio del pueblo de los cazadores.

–Muy bien. Ahora para las aves.

Mowgli repitió lo mismo, silbando como el halcón al final de la frase.

–Ahora para el pueblo de las serpientes –dijo Bagheera.

La respuesta fue un siseo totalmente indescriptible, y Mowgli alzó los pies, batió palmas para aplaudirse y subió de un salto al lomo de Bagheera, donde se sentó de lado, tamborileando con los talones en la piel brillante y haciéndole a Baloo las peores caras imaginables.

–¡Vaya! Esto te valdrá un pellizco –dijo el oso pardo con ternura–. ¡Algún día te acordarás de mí!

Volteó entonces para contarle a Bagheera que había arrancado las palabras mágicas a Hathi, el Elefante Salvaje, quien sabe todo acerca de esas cosas, y que Hathi había llevado a Mowgli a una laguna para obtener de una serpiente de agua las palabras de las serpientes, porque Baloo no sabía pronunciarlas, y que ahora Mowgli ya estaba razonablemente a salvo de cualquier accidente en la selva, porque ninguna serpiente, ave ni fiera lo atacaría.

–Así que nadie es de temer –remató Baloo, sobando con orgullo su panza enorme y peluda.

–Excepto su propia tribu –dijo Bagheera en voz baja, y añadió más fuerte para Mowgli–: ¡Ten cuidado con mis costillas, Hermanito! ¿A qué viene tanto zangoloteo?

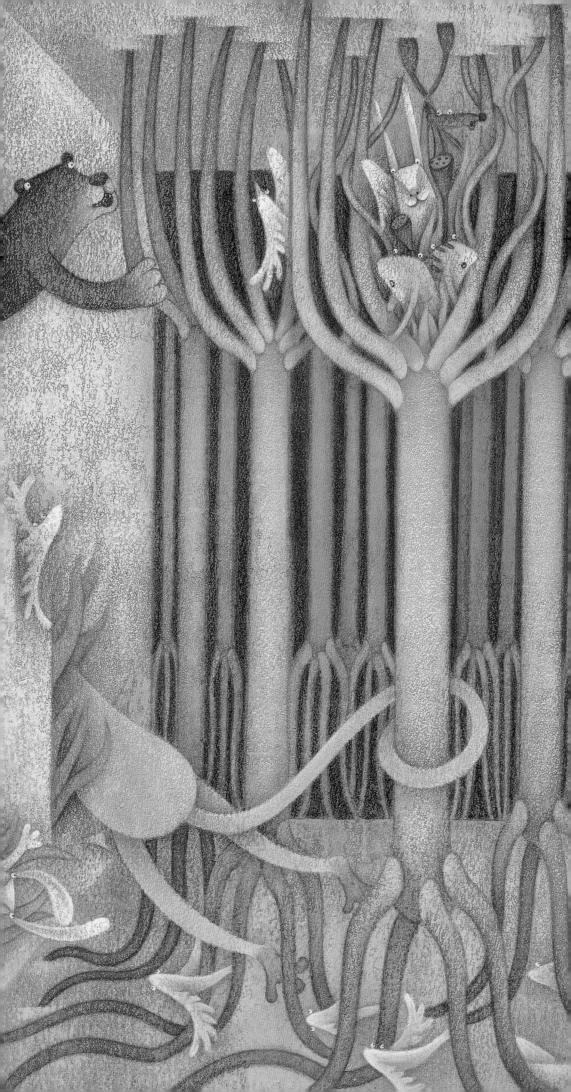

Mowgli había tratado de hacerse oír tirando del hombro de Bagheera y pateando. Cuando por fin repararon en él, gritaba a voz en cuello:

—¡Tendré una tribu propia, y la guiaré por las ramas todo el día!

—¿De dónde sacas esta nueva locura, pequeño soñador? —preguntó Bagheera.

—¡Y arrojaré ramas y tierra al viejo Baloo! —continuó Mowgli—. Me lo prometieron… ¡Ah!…

—¡Zas! —la enorme pata de Baloo tiró a Mowgli del lomo de Bagheera; y al caer entre las fuertes patas delanteras de ésta, el muchacho supo que el oso estaba enojado.

—Mowgli —dijo Baloo—, seguro has hablado con los Bandar-log, el pueblo de los monos.

Mowgli miró a Bagheera para ver si también ella estaba enojada, y halló unos ojos tan duros como piedras de jade.

—Has estado con el pueblo de los monos… los monos grises… el pueblo sin ley… devoradores de todo. ¡Qué vergüenza!

—Cuando Baloo me pegó en la cabeza —explicó Mowgli (aún bocarriba)—, escapé, y los monos grises bajaron de los árboles y tuvieron piedad de mí. A nadie más le importó —resopló un poco.

—¡La piedad del pueblo de los monos! —bufó Baloo—. ¡La quietud del arroyo en la montaña! ¡La frescura del sol de verano! ¿Y luego qué, cachorro de hombre?

—Y luego… y luego me dieron nueces y cosas muy sabrosas, y… y me llevaron en brazos hasta las copas de los árboles y dijeron que era su hermano de sangre salvo que no tenía cola, y que algún día sería su jefe.

—Ellos no tienen jefe —dijo Bagheera—. Mienten. Siempre han mentido.

—Fueron muy amables y me pidieron volver. ¿Por qué nunca me han llevado con el pueblo de los monos? Caminan en dos pies como yo. No me pegan con sus patas. Juegan todo el día. ¡Déjenme subir con ellos! ¡Baloo, malo, déjame subir! Jugaré con ellos otra vez.

—Escucha, cachorro de hombre —dijo el oso, y su voz retumbó como el trueno en una noche calurosa—. Te he enseñado toda la ley de la selva para todos los pueblos de la jungla, excepto la de los monos, que viven en los árboles. Ellos no tienen ley. Son parias. No tienen lengua propia, sino que usan palabras robadas que oyen a hurtadillas cuando escuchan, y fisgonean, y aguardan en las ramas. Sus costumbres no son las nuestras. No tienen jefes. No tienen recuerdos. Se jactan y parlotean y pretenden ser un gran pueblo a punto de realizar prodigios en la selva, pero basta con que caiga una nuez para que echen a reír y todo se olvide.

 Nosotros, los de la selva, no tenemos trato con ellos. No bebemos donde los monos beben; no vamos donde ellos van; no cazamos donde cazan; no morimos donde mueren. ¿Me has oído hasta ahora hablar alguna vez de los Bandar-log?

—No —respondió Mowgli en un suspiro, porque el bosque estaba muy sereno cuando Baloo puso fin a sus palabras.

—El pueblo de la selva sacó a los monos de su boca y de su mente. Son muy numerosos, malvados, sucios y desvergonzados, y desean, si en verdad tienen un deseo fijo, que el pueblo de la selva les haga caso. Pero nosotros no les prestamos atención, aun cuando arrojen nueces e inmundicias sobre nuestras cabezas.

Terminaba de hablar apenas cuando una lluvia de nueces y varas cayó del ramaje, y se oyeron toses, aullidos y furiosos saltos en el aire, entre las ramas finas.

—El pueblo de los monos está prohibido —sentenció Baloo— para el pueblo de la selva. Recuérdalo.

—Prohibido —remachó Bagheera—, aunque sigo creyendo que Baloo debió advertirte sobre ellos.

—¿Yo… yo? ¡Cómo iba a saber que Mowgli jugaría con esa gentuza! ¡El pueblo de los monos! ¡Qué horror!

Un nuevo chaparrón cayó sobre sus cabezas, y los dos echaron a correr, llevando consigo a Mowgli. Lo que Baloo había dicho sobre los monos era completamente cierto. Vivían en las copas de los árboles, y como es muy raro que las fieras alcen la vista, no había ocasión de que los monos y el pueblo de la selva cruzaran sus respectivos caminos. Pero cada vez que encontraban un lobo enfermo o un tigre u oso herido, los monos lo atormentaban, y le aventaban palos y nueces para divertirse, y con la esperanza de que les hiciera caso. Luego, en medio de aullidos y estridencias, entonaban canciones sin sentido, e invitaban al pueblo de la selva a trepar a sus árboles y enfrentárseles, o iniciaban furiosas batallas entre ellos por nada, y dejaban a los monos muertos donde el pueblo de la selva pudiera verlos. Siempre estaban a punto de tener un jefe, y leyes y costumbres propias, pero nunca cumplían ese anhelo, porque su memoria no duraba de un día para otro, así que remediaban las cosas citando un refrán de su creación: "Lo que los Bandar-log piensan ahora, la selva lo pensará después", y esto los consolaba mucho. Ninguna fiera podía alcanzarlos, pero, por otro lado, tampoco les hacía caso, y por eso les complació tanto que Mowgli jugara con ellos, aunque ya sabían que Baloo se había enojado mucho.

Nunca perseguían algo más: los Bandar-log jamás perseguían nada en absoluto; pero uno de ellos tuvo lo que le pareció una brillante idea, y dijo a los demás que sería útil tener a Mowgli en la tribu, porque sabía tejer palos como protección contra el viento; así que si lo capturaban, podrían lograr que les enseñara. Por supuesto que Mowgli, como hijo de leñador, había heredado todo tipo de capacidades instintivas, que empleaba haciendo pequeñas chozas de ramas caídas sin pensarlo mucho. El pueblo de los monos, observando en los árboles, consideró maravilloso ese juego. Esta vez, dijeron, realmente iban a tener un jefe, y serían el pueblo más sabio de la selva, tan sabio que todos se darían cuenta y los envidiarían. Por tanto, siguieron sigilosamente a través de la selva a Baloo, Bagheera y Mowgli, hasta que llegó la hora de la siesta de mediodía; y Mowgli, que estaba muy apenado, durmió entre la pantera y el oso, resuelto a no tener que ver más con el pueblo de los monos.

Lo siguiente que supo fue que sintió manos en las piernas y brazos —unas manitas ásperas y fuertes—, y luego un montón de ramas en la cara, y más tarde miraba entre el ramaje bamboleante mientras Baloo despertaba a la selva con sus sonoros gritos y Bagheera subía por el tronco enseñando los dientes. Los Bandar-log aullaron con aire triunfal y se escurrieron por las ramas superiores, donde Bagheera no osaba seguirlos, gritando:

—¡Nos hizo caso! Bagheera nos hizo caso. Todo el pueblo de la selva admira nuestra habilidad y astucia.

A continuación emprendieron el vuelo, y el vuelo de los monos por los árboles es una de las cosas que nadie puede describir. Tienen ellos sus caminos y cruceros regulares, subidas y bajadas, tendidos todos a quince, veinte o treinta metros del suelo, que recorren aun de noche si es necesario. Dos de los monos más fuertes tomaron a Mowgli de los brazos y se columpiaron con él por las copas de los árboles, con saltos de seis metros. Si hubieran estado solos, habrían podido ir dos veces más rápido, pero el peso del muchacho los refrenaba. Mareado y enfermo como se sentía, Mowgli no pudo menos que disfrutar de esa impetuosa estampida, aunque los destellos de tierra muy abajo le asustaban, y la terrible parada y sacudida al cabo de cada balanceo en el vacío lo tenía con el alma en un hilo. Sus acompañantes lo precipitaban árbol arriba hasta que él sentía que las ramas más altas y finas crujían y se doblaban bajo ellos, y luego entre toses y chillidos se lanzaban al aire subiendo y bajando, colgados de las manos o los pies a las ramas inferiores del árbol siguiente. A veces veía, a lo largo de muchos kilómetros, la quieta jungla verde, como un hombre el mar en la punta del mástil, y luego hojas y ramas le cruzaban la cara, y sus dos guardias y él estaban de nuevo casi en tierra. Así saltando, ensordeciendo, chillando y dando alaridos, la tribu de los Bandar-log recorrió a toda prisa los caminos arbóreos, con Mowgli como prisionero.

Por un momento temió que lo soltaran. Luego se enojó, pero no era tan tonto para reclamar, y se puso a pensar. Lo primero era dar noticia a Baloo y Bagheera, porque, al paso que los monos llevaban, sabía que sus amigos se quedarían muy atrás. Era inútil mirar abajo, pues sólo veía el lado superior de las ramas, así que alzó los ojos y vio, muy lejos en el cielo, a Rann, el Halcón, balancéandose y haciendo círculos mientras vigilaba la jungla, a la espera de seres agonizantes. Rann vio que los monos portaban algo, y bajó un centenar de metros para saber si la carga era comestible. Silbó sorprendido al ver que Mowgli era arrastrado a la copa de un árbol, y lo oyó dirigirle el llamado:

–¡Somos de la misma sangre, tú y yo!

El oleaje de las ramas se cerró sobre el muchacho, pero Rann se balanceó al árbol siguiente a tiempo para ver aparecer de nuevo aquella carita morena.

–¡Sigue mi rastro! –gritó Mowgli–. ¡Díselo a Baloo, de la manada de Seeonee, y a Bagheera, de la Roca del Consejo!

–¿De parte de quién, hermano?

Rann no había visto nunca a Mowgli, aunque, desde luego, había oído hablar de él.

–De Mowgli, la Rana. ¡Me llaman cachorro de hombre! ¡Sigue mi rastro!

Estas últimas palabras emergieron como chillido, pues Mowgli era columpiado otra vez en el aire, pero Rann asintió y se elevó hasta parecer no más grande que un grano de polvo. Ahí quedó suspendido, observando con sus ojos telescópicos el ondear de las copas de los árboles mientras la escolta de Mowgli avanzaba como torbellino.

–Nunca llegan lejos –dijo riendo–. No hacen jamás lo que se proponen. Los Bandar-log siempre picotean cosas nuevas. Esta vez, si acaso tengo visión, han picado problemas, porque Baloo no es un polluelo y Bagheera, como bien sé yo, puede matar mucho más que cabras.

Así que se meció entre sus alas, juntando y subiendo las garras abajo, y esperó.

Entre tanto, Baloo y Bagheera estaban furiosos y desconsolados. Bagheera trepó como nunca a los árboles, pero las ramas finas se quebraban bajo su peso y caía al suelo, con las zarpas llenas de cortezas.

–¿Por qué no previniste al cachorro de hombre? –rugió al pobre Baloo, que había dado en trotar torpemente con la esperanza de rebasar a los monos–. ¿De que sirvió que casi lo mataras a golpes si no le advertiste?

–¡De prisa! ¡De prisa! ¡Aún… aún podemos alcanzarlos! –jadeó Baloo.

–¡A ese paso! No cansaría ni a una vaca herida. Maestro de la ley… golpeacachorros… un kilómetro de rodar así para acá y para allá acabaría contigo. ¡Siéntate y piensa! Haz un plan. No es hora de cazar. Ellos podrían dejarlo caer si los seguimos muy de cerca.

–¡Vaya! ¡Bueno! Tal vez ya lo soltaron, cansados de cargarlo. ¿Quién puede confiar en los Bandar-log? ¡Pon murciélagos muertos sobre mi cabeza! ¡Dame de comer huesos negros! ¡Enróllame en las colmenas de las abejas silvestres para que me maten a fuerza de piquetes, y sepúltame con la hiena porque soy el más miserable de los osos! ¡Vaya! ¡Qué tal! ¡Ay, Mowgli, Mowgli! ¿Por qué no te advertí contra los monos en vez de romperte la crisma? Quizá expulsé así de su mente la última lección, y estará solo en la selva sin las palabras mágicas.

Baloo batió palmas sobre sus orejas, e iba de un lado a otro quejándose.

–Recitó correctamente todas las palabras ante mí al menos hace un rato –dijo Bagheera, impaciente–. No tienes memoria ni respeto, Baloo. ¿Qué pensaría la selva si yo, la Pantera Negra, me hiciera un ovillo como Ikki, el Puercoespín, y aullara?

–¿Qué me importa a mí lo que la selva piense? ¡Mowgli podría estar muerto ya!

–A menos que lo arrojen de las ramas por diversión o lo maten por ocio, no temo por el cachorro de hombre. Es sabio y está bien educado; y, sobre todo, tiene unos ojos que atemorizan al pueblo de la selva. Pero (y éste es un grave mal) está en poder de los Bandar-log, y ellos, por vivir en los árboles, no temen a ninguno de los nuestros —explicó Bagheera mientras lamía a conciencia una de sus patas.

—¡Si seré tonto! ¡Tonto, gordo y pardo desenterrador de raíces! —explotó Baloo, desenroscándose con una sacudida—. Es cierto lo que dice Hathi, el Elefante Salvaje: "Cada quien con su propio temor"; y ellos, los Bandar-log, le tienen miedo a Kaa, la Serpiente de la Roca. Ella puede trepar a los árboles tan bien como ellos. Roba de noche monos jóvenes. El susurro de su nombre les enfría la horrible cola. ¡Vayamos con Kaa!

—¿Qué hará ella por nosotros? No es de nuestra tribu, sin patas como es… y tiene ojos muy malévolos —replicó Bagheera.

—Es vieja y astuta. Pero ante todo, siempre tiene hambre —repuso Baloo, esperanzado—. Prométele muchas cabras.

—Kaa duerme un mes entero después de comer. Podría estar dormida en este momento; y aun si estuviera despierta, tal vez prefiera cazar cabras por sí sola —dijo Bagheera, naturalmente desconfiada, pues no sabía mucho acerca de Kaa.

—En ese caso, tú y yo, vieja cazadora, podríamos hacerla entrar en razón —señaló Baloo, frotando su descolorido hombro pardo contra la pantera, y ambos partieron en busca de Kaa, la Pitón de la Roca.

La hallaron tendida en una saliente bajo el sol de la tarde, admirando su hermosa piel nueva, pues los diez últimos días se había retirado para cambiarla, y ahora lucía espléndida, moviendo como flecha por el suelo su enorme cabeza chata y retorciendo los diez metros de su cuerpo en fantásticos nudos y curvas, al tiempo que se lamía los labios pensando en la cena que se avecinaba.

—No ha comido —dijo Baloo con un gruñido de alivio en cuanto vio aquella preciosa funda con motas cafés y amarillas—. ¡Ten cuidado, Bagheera! Siempre queda un poco ciega después de cambiar de piel, y es muy rápida para atacar.

Kaa no era una serpiente venenosa —de hecho, desdeñaba por cobardes a esa clase de serpientes—, pero su fuerza residía en su abrazo; y una vez que lazaba a alguien con sus anillos inmensos, no había nada más que decir.

—¡Buena caza! —clamó Baloo, sentándose sobre sus ancas.

Como todas las serpientes de su especie, Kaa era un poco sorda, y al principio no oyó el saludo. Pero luego se enrolló, lista para cualquier incidente, y bajó la cabeza.

—¡Buena caza para todos! —contestó—. Ah, Baloo, ¿qué haces aquí? Buena caza, Bagheera. Al menos uno de nosotros necesita alimento. ¿Saben si hay algo disponible por ahí? ¿Un gamo, aunque sea joven? Estoy tan vacía como un pozo seco.

—Vamos de caza —dijo Baloo despreocupadamente. Sabía que no hay que apurar a Kaa. Es demasiado grande.

—Permítanme acompañarlos —pidió la serpiente—. Un zarpazo de más o de menos no es nada para ustedes; en cambio yo... yo tengo que esperar días enteros en una senda del bosque, y trepar media noche a un árbol por la mera posibilidad de un simio joven. ¡Bah! Las ramas ya no son como cuando yo era joven. Ahora son varas podridas y frondas secas.

—Tal vez tu peso enorme tenga algo que ver en ello —comentó Baloo.

—Soy muy larga, muy larga —dijo Kaa con cierto orgullo—. Pero pese a todo, la culpa es del nuevo ramaje. En mi más reciente caza estuve a punto de caerme (¡a punto de verdad!); el ruido de mi arrastre, pues mi cola no estaba bien apretada alrededor del árbol, despertó a los Bandar-log, quienes me lanzaron los más perversos insultos.

—Pálida lombriz de tierra sin patas —dijo Bagheera en voz baja, como intentando recordar algo.

—¡Ssss! ¿Alguna vez me han llamado así? —preguntó Kaa.

—Algo parecido nos gritaron en la última luna, pero nunca les hacemos caso. Dirán cualquier cosa... incluso que perdiste todos tus dientes, y que no eres capaz de enfrentar nada más grande que un niño, porque (¡vaya si son desvergonzados estos Bandar-log!)... porque temes los cuernos de los machos cabríos —continuó suavemente Bagheera.

Una serpiente, en especial una pitón vieja y cautelosa como Kaa, muy raramente se muestra enojada, pero Baloo y Bagheera se dieron cuenta de que los grandes músculos devoradores a cada lado de la garganta de Kaa se ondulaban e inflamaban.

—Los Bandar-log han cambiado de terreno —dijo calladamente ella—. Cuando salí hoy a tomar el sol, los oí chillar entre las copas de los árboles.

–Es… es a los Bandar-log a quienes seguimos –explicó Baloo, pero las palabras se le quedaron pegadas en el gaznate, porque, hasta donde sabía, ésa era la primera vez que un habitante de la selva reconocía interesarse en los actos de los monos.

–No ha de ser pequeña cosa lo que obliga a estos dos cazadores excelentes (jefes en su selva, estoy segura) a seguir el rastro de los Bandar-log –replicó Kaa en forma amigable, aunque muerta de curiosidad.

–En realidad –comenzó Baloo–, yo no soy más que el viejo y a veces muy torpe maestro de la ley de los lobeznos de Seeonee, y Bagheera…

–Es Bagheera –intervino la Pantera Negra, cerrando de golpe las fauces, porque no creía en la humildad–. El problema es éste, Kaa: aquellos hurtanueces y salteadores de hojas de palmera se robaron a nuestro cachorro de hombre, del que quizá ya has oído hablar.

–Algo me dijo Ikki (cuyas púas lo hacen presuntuoso) acerca del ingreso de un hombrecito a la manada de los lobos, pero no le creí. Ikki está repleto de historias oídas a medias y muy mal contadas.

–Pero es cierto. Es un cachorro de hombre como nunca lo ha habido –repuso Baloo–. El mejor, más sabio y más valiente de los cachorros humanos… mi pupilo, quien dará fama a mi nombre en toda la selva; y además yo… bueno, nosotros… lo queremos mucho, Kaa.

–¡Chitón! ¡Chitón! –exclamó la serpiente, sacudiendo la cabeza–. Yo también sé qué es querer. Podría relatarles historias que…

–Para eso hace falta una noche despejada en la que todos comamos bien, para poder apreciar tus cuentos como es debido –interrumpió Bagheera–. Nuestro cachorro de hombre está ahora en manos de los Bandar-log, y sabemos que al único habitante de la selva al que temen es a ti.

—Sólo a mí me temen. Y tienen una buena razón —dijo Kaa—. Charlatanes, idiotas y vanos… vanos, idiotas y charlatanes son los monos. Pero un hombrecito en sus manos no corre con suerte. Se cansan de las nueces que recogen, y las tiran. Cargan medio día una rama con intención de hacer grandes cosas con ella, y de repente la parten en dos. Ese hombrecito no es de envidiar. También a mí me llamaron… "pez pálido", ¿no es cierto?

—Lombriz… lombriz… lombriz de tierra —replicó Bagheera—, así como otras cosas que ahora no puedo decir por vergüenza.

—Hemos de recordarles que tienen que hablar bien de su señora. ¡Ay! Debemos reforzar su memoria vacilante. ¿Adónde fueron con el cachorro?

—Sólo la selva lo sabe. Hacia el punto en que el sol se oculta, supongo —contestó Baloo—. Creímos que tú lo sabrías, Kaa.

—¿Yo? ¿Cómo? Los atrapo cuando se cruzan en mi camino, pero no cazo Bandar-log, ni ranas… ni espuma verde de los estanques, en realidad.

—¡Mira acá! ¡Mira acá! ¡Ey! ¡Ey! ¡Ey, mira arriba, Baloo, de la manada de lobos de Seeonee!

Baloo volteó para ver de dónde procedían aquellas voces, y ahí estaba Rann, el Halcón, en los bordes de cuyas alas, vueltas hacia arriba, el sol brillaba mientras el ave descendía. Ya era casi hora de acostarse para Rann, pero había recorrido la selva entera en busca del oso, difícil de distinguir entre el denso follaje.

—¿Qué ocurre? —dijo Baloo.

—¡Vi a Mowgli con los Bandar-log! Me pidió que te avisara. Me fijé bien. Se lo llevaron más allá del río, a la ciudad de los monos, las Guaridas Frías. Podrían quedarse ahí una noche, o diez, o una hora. Instruí a los murciélagos para que vigilen en la oscuridad. Éste es mi mensaje. ¡Buena caza para todos!

—¡Buche lleno y dulces sueños para ti, Rann! —gritó Bagheera—. Te recordaré en mi próxima caza, y reservaré la cabeza para ti solo, ¡joya para los halcones!

—No es nada, no es nada. El muchacho recitó las palabras mágicas. Yo no habría podido hacer menos —repuso Rann mientras se elevaba otra vez en círculos hacia su percha.

—Mowgli no olvidó usar su lengua —dijo Baloo, con una risilla de orgullo—. ¡Y pensar que alguien tan joven fue capaz de recordar

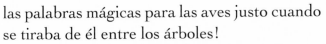

las palabras mágicas para las aves justo cuando se tiraba de él entre los árboles!

—Es que se le inculcaron muy firmemente —replicó Bagheera—. Pero estoy muy orgullosa de él, y ahora debemos ir a las Guaridas Frías.

Todos sabían dónde se hallaba ese lugar, pero pocos habitantes de la selva habían ido allá alguna vez, porque lo que llamaban las Guaridas Frías era una antigua ciudad abandonada, perdida y sepultada en la jungla, y es raro que las fieras ocupen un sitio antes habitado por los hombres. El jabalí lo hará, pero las tribus de los cazadores no. Además, los monos vivían ahí tanto como podía decirse que vivían en cualquier otra parte, y ningún animal que se respete se acercaría a la vista de ese lugar salvo en tiempos de sequía, cuando los estanques y depósitos casi en ruinas acumulaban un poco de agua.

—Es un trayecto de media noche… a toda prisa —dijo Bagheera, y Baloo pareció muy serio.

—Andaré tan rápido como pueda —observó ansiosamente.

—No nos atrevemos a esperarte. Síguenos, Baloo. Kaa y yo debemos marchar a paso veloz.

—Con patas o sin ellas, yo puedo ir al ritmo de las cuatro tuyas —dijo Kaa sin más.

Baloo se esforzó por acelerar, pero tuvo que sentarse resollando, así que lo dejaron para que llegara más tarde mientras Bagheera aventajaba, con el dinámico paso de las panteras. Kaa no dijo nada, pero, por más que Bagheera corriese, la enorme Pitón de la Roca le iba al parejo. Cuando llegaron a un riachuelo en la colina, Bagheera se adelantó de un salto, en tanto que Kaa tuvo que cruzar a nado, con la cabeza y sesenta centímetros de su cuello fuera del agua, pero en tierra firme acortó la distancia.

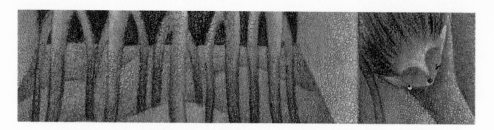

—¡Por el cerrojo roto que me liberó —exclamó Bagheera, mientras caía la noche—, no eres una andarina lenta!

—Tengo hambre —repuso Kaa—. Además, me dijeron rana moteada.

—Lombriz… lombriz de tierra, y pálida también.

—Da igual, sigamos —dijo Kaa, quien pareció desparramarse en el suelo buscando el camino más corto con sus ojos atinados, y empeñada en seguirlo.

En las Guaridas Frías, los monos no pensaban para nada en los amigos de Mowgli. Habían llevado al muchacho a la ciudad perdida, y por lo pronto estaban más que satisfechos. Mowgli no había visto jamás una ciudad india, y aunque ésta era casi un montón de ruinas, parecía espléndida y maravillosa. Algún rey la había construido mucho tiempo atrás sobre una pequeña colina. Aún podían distinguirse las calzadas de piedra que llegaban hasta las desvencijadas puertas, cuyas últimas astillas colgaban de bisagras oxidadas. Árboles crecían a ambos lados de las paredes; las almenas se habían venido abajo, y enredaderas silvestres pendían de las ventanas de las torres en aglomeraciones densas.

Un inmenso palacio sin techo coronaba la colina, y el mármol de los patios y las fuentes estaba desgajado, con manchas rojas y verdes, mientras que las losas del patio donde habían vivido los elefantes del rey estaban invadidas y divididas por hierbas y árboles jóvenes. Desde el palacio podían verse las filas y filas de casas sin tejado que componían la ciudad, y que lucían como panales vacíos llenos de sombras; igualmente, la piedra informe que antes fuera un ídolo en la plaza donde convergían cuatro avenidas, los hoyos y agujeros en las esquinas de las calles donde alguna vez hubo pozos públicos y las cúpulas destrozadas de los templos, con higueras silvestres que brotaban a los lados. Los monos llamaban al lugar su ciudad, y pretendían despreciar al pueblo de la selva por vivir en el bosque. Sin embargo, no sabían para qué se habían hecho esos edificios ni cómo usarlos. Se

sentaban en círculos en la antesala del recinto del consejo del rey y se rascaban, buscándose las pulgas y fingiendo ser hombres; o entraban y salían corriendo de las casas sin techo y juntaban piezas de yeso y ladrillos viejos en una esquina, olvidando después dónde los habían escondido, y peleaban y gritaban en grupos indeterminados, y luego salían en estampida a jugar arriba y abajo en las terrazas del jardín real, donde sacudían los rosales y los naranjos por el gusto de ver caer frutos y flores. Exploraban todos los pasajes y túneles oscuros del palacio, y los centenares de pequeñas habitaciones en tinieblas, pero luego no recordaban lo que habían visto y no; así, vagaban solos o en parejas o en grupos numerosos, diciéndose que hacían lo mismo que los hombres. Bebían en los estanques y dejaban fangosa el agua, y más tarde peleaban por eso, para después salir corriendo en turbas todos juntos, gritando:

–¡Nadie en la selva es tan sabio, bueno, astuto, fuerte y cortés como los Bandar-log!

Luego, todo recomenzaba otra vez, hasta que ellos se hastiaban de la ciudad y volvían a las copas de los árboles, con la esperanza de que el pueblo de la selva les hiciera caso.

A Mowgli, educado en la ley de la selva, no le gustó ni comprendía este tipo de vida. Los monos lo arrastraron hasta las Guaridas Frías muy avanzada la tarde, y en vez de irse a dormir, como habría hecho él después de un largo viaje, se tomaron de las manos y bailaron y entonaron sus absurdas canciones. Uno de ellos pronunció un discurso y dijo a sus compañeros que la captura de Mowgli marcaba una nueva época en la historia de los Bandar-log, porque él les enseñaría a tejer palos y carrizos para protegerse de la lluvia y el frío. Mowgli tomó unas enredaderas y se puso a trabajarlas, y los monos trataron de imitarlo; pero en unos minutos perdieron interés y empezaron a jalar la cola a sus amigos o a saltar en cuatro patas y toser.

–Quiero comer –dijo Mowgli–. No conozco esta parte de la selva. Tráiganme alimento, o denme permiso para cazar aquí.

Veinte o treinta monos se retiraron para traerle nueces y papayas silvestres. Pero en el camino incurrieron en peleas, y era muy engorroso regresar con la fruta que había quedado. Adolorido y enojado tanto como hambriento, Mowgli vagó por la ciudad vacía, recitando de vez en cuando el llamado de caza de los ajenos,

pero nadie le contestó, y sintió que había llegado a un sitio muy malo en verdad. "Todo lo que Baloo dijo sobre los Bandar-log es cierto", pensó para sí. "No tienen ley, ni llamado de caza, ni jefes; nada sino palabras tontas y manitas voraces. Así que si muero de hambre o pierdo la vida aquí, será por mi culpa. Pero debo tratar de volver a la selva. Baloo me pegará sin duda, pero eso es mejor que recolectar ridículamente hojas del rosal con los Bandar-log."

Más tardó en llegar a la muralla de la ciudad que los monos en volver a apoderarse de él, diciéndole que no sabía lo afortunado que era y pellizcándolo para que fuese agradecido. Él apretó los dientes y no dijo nada, pero fue con los escandalosos monos a la terraza que se alzaba sobre los depósitos de piedra roja, a medio llenar de agua de lluvia. El centro de la terraza estaba ocupado por una glorieta en ruinas de mármol blanco, construida para reinas que habían muerto cien años antes. La cúpula de su techo se había desplomado un tanto, y bloqueaba el pasaje subterráneo desde el palacio, por el que las reinas entraban. Pero las paredes estaban hechas de biombos de mármol en tracería, una hermosa labor en relieve de color blanco leche, con incrustaciones de ágata, cornalina, jaspe y lapislázuli; y al salir la luna detrás de la montaña, atravesó con su luz la celosía, arrojando sombras en el suelo como un bordado en terciopelo negro. Adolorido, adormilado y hambriento como estaba, Mowgli no pudo menos que reír cuando los Bandar-log empezaron a decirle, veinte a la vez, cuán grandes, sabios, fuertes y corteses eran, y lo tonto que era él por querer dejarlos.

—Somos grandes. Somos libres. Somos maravillosos. ¡Somos los habitantes más maravillosos de la selva! Todos lo aseguramos, así que debe ser cierto –gritaban–. Ahora que tú eres nuevo escucha y puedes llevar nuestras palabras al pueblo de la selva, para que nos haga caso en el futuro, te diremos todo acerca de nuestro magnífico ser.

Mowgli no puso objeción, y los monos se reunieron en cientos en la terraza para oír a sus oradores cantar las alabanzas de los Bandar-log; y cada vez que un orador hacía una pausa para respirar, los demás gritaban:

—¡Es cierto! ¡Todos lo decimos!

Mowgli asentía con la cabeza y parpadeaba, y respondía "Sí" cuando le hacían una pregunta, y se sentía atarantado por tanto bullicio.

"Tabaqui, el Chacal, debe haber mordido a todos estos", se dijo, "y se han vuelto locos. Seguro ésta es la *dewanee*, la demencia. ¿Nunca duermen? Una nube está cubriendo la luna. Si fuera grande, yo podría intentar huir en la oscuridad. Pero estoy cansado."

La misma nube era observada en ese momento por dos buenos amigos de Mowgli, en el foso en ruinas bajo la muralla de la ciudad, porque Bagheera y Kaa, sabiendo lo peligroso que era en gran número el pueblo de los monos, no querían correr ningún riesgo. Los monos no peleaban si no eran cien contra uno, y pocos en la selva se atrevían a exponerse a tal desproporción.

–Iré a la muralla oeste –murmuró Kaa–, y bajaré rápidamente, aprovechando la pendiente del terreno. No se arrojarán sobre mí en centenares, pero…

–Lo sé –dijo Bagheera–. Si Baloo estuviera aquí… pero debemos hacer lo que podamos. Cuando esa nube cubra la luna, marcharé a la terraza. Ahí celebran ahora una especie de consejo sobre el muchacho.

–¡Buena caza! –dijo Kaa con determinación, y se deslizó hacia la muralla oeste.

Ésta resultó ser la parte menos arruinada de todas, y la gran serpiente perdió tiempo tratando de abrirse camino piedras arriba. La nube ocultó la luna, y mientras Mowgli se preguntaba qué pasaría, oyó los ligeros pasos de Bagheera en la terraza. La Pantera Negra había subido la pendiente a toda prisa casi sin hacer ruido, y atacaba –no había tiempo que perder en mordidas– a diestra y siniestra entre los monos, sentados alrededor de Mowgli en círculos de cincuenta y sesenta en fondo. Hubo un aullido de alarma y furia, y mientras Bagheera tropezaba con los cuerpos que rodaban y pateaban bajo ella, un mono gritó:

–¡Es uno solo! ¡Mátenlo! ¡Mátenlo!

Una masa indefinida de monos que mordían, arañaban, rasgaban y tiraban de todo cayó sobre Bagheera, mientras cinco

o seis tomaban a Mowgli, lo arrastraban pared arriba de la glorieta y lo empujaban por el agujero de la cúpula rota. Un joven educado como los hombres se habría lastimado mucho, pues la caída fue desde unos buenos cinco metros, pero Mowgli cayó como Baloo le había enseñado, aterrizando sobre sus pies.

–¡Quédate aquí –le gritaron los monos– hasta que hayamos matado a tus amigos, y después vendremos a jugar contigo, si el pueblo venenoso te deja con vida!

–¡Somos de la misma sangre, ustedes y yo! –profirió Mowgli, emitiendo de inmediato el llamado de las serpientes.

Oyó susurros y silbidos en los escombros a su alrededor y recitó el llamado por segunda vez, para estar seguro.

–¡Cccierto! ¡Capuchones abajo! –dijo media docena de suaves voces (todas las ruinas en la India se convierten tarde o temprano en morada de serpientes, y la antigua glorieta bullía de cobras)–. No te muevas, Hermanito, porque tus pies pueden hacernos daño.

Mowgli permaneció tan quieto como pudo, asomándose por la celosía y oyendo el furioso fragor de la batalla en torno a la Pantera Negra: gritos, rechinar de dientes y forcejeos, y el resoplido grave y áspero de Bagheera al retroceder, avanzar, girar y lanzarse bajo los montones de sus enemigos. Por primera vez desde que nació, ella peleaba por su vida.

"Baloo debe estar cerca; Bagheera no habría venido sola", pensó Mowgli. Y luego dijo en voz alta:

–¡A los depósitos, Bagheera! ¡Ve a los depósitos de agua y sumérgete en ellos! ¡Al agua!

Bagheera lo oyó, y el grito que le hizo saber que Mowgli estaba a salvo le dio nuevo valor. Se abrió paso desesperadamente, centímetro a centímetro, en dirección a los tanques, titubeando en silencio. Entonces, de la parte de la muralla en ruinas junto a la selva emergió el retumbante grito de guerra de Baloo. El viejo oso había hecho su mejor esfuerzo, pero no pudo llegar antes.

–¡Bagheera –gritó–, aquí estoy! ¡Voy a trepar! ¡A toda prisa! ¡Ahuwora! ¡Las piedras resbalan bajo mis patas! ¡Espera mi llegada! ¡Ah, infames Bandar-log!

Subió jadeante hasta la terraza, sólo para desaparecer hasta el cuello en medio de una oleada de monos; pero, plantándose con resolución sobre sus ancas y extendiendo la patas delanteras, abrazó a tantos como pudo estrechar, a los que empezó a golpear con un bat-bat-bat incesante, como el chapaleo de una rueda de palas. El estruendo de algo al caer en el agua le hizo saber a Mowgli que Bagheera se había abierto paso hasta el depósito,

donde los monos no podrían seguirla. La pantera resollaba, con sólo la cabeza fuera del agua, mientras los monos se apretaban de tres en fondo en los rojos peldaños, saltando de rabia, listos para echarse sobre ella desde todos lados si salía para ayudar a Baloo. Bagheera alzó entonces su goteante mentón, y en un acto desesperado pronunció el llamado de las serpientes en busca de protección –"¡Somos de la misma sangre, ustedes y yo!"–, creyendo que Kaa había huido a último minuto. Ni siquiera Baloo, medio ahogado bajo los monos en la orilla de la terraza, pudo evitar reír cuando oyó que la Pantera Negra pedía ayuda.

Kaa acababa de abrirse camino por la muralla oeste, y aterrizó con una torsión que desprendió una piedra de la albarda sobre el foso. No estaba dispuesta a perder la menor ventaja del terreno, y se enroscó y desenroscó una o dos veces, para cerciorarse de que cada centímetro de su largo cuerpo estuviera en buenas condiciones. Entre tanto, la pelea con Baloo continuaba y los monos seguían aullando en el depósito en torno a Bagheera, al tiempo que Mang, el Murciélago, volando aquí y allá, difundía la noticia de la gran batalla por toda la selva, hasta que incluso Hathi, el Elefante Salvaje, barritó. Más lejos, bandas dispersas del pueblo de los monos se despertaron y comenzaron a saltar entre los árboles, para ir a ayudar a sus camaradas en las Guaridas Frías, y el ruido de la pelea puso en alerta a todas las aves diurnas a varios kilómetros a la redonda. Kaa atacó al instante en línea recta, con ansia de matar. La ventaja guerrera de una pitón está en el firme golpe de su cabeza, apoyado por la fuerza y peso de su cuerpo. Quien puede imaginar una lanza, ariete o martillo que pese media tonelada, manejado por una mente fría y decidida, tendrá una idea de cómo era Kaa al pelear. Una pitón de metro y medio de largo puede derribar a un hombre si se lanza contra

su pecho, y Kaa medía nueve metros, como sabemos. Dirigió su primer golpe al centro de la multitud alrededor de Baloo. Fue una embestida a boca cerrada y en silencio, y no hubo necesidad de una segunda. Los monos se dispersaron gritando:

—¡Kaa! ¡Es Kaa! ¡Corran! ¡Corran!

Generaciones de monos habían adoptado por miedo una buena conducta a causa de las antiguas historias que sus ancianos les contaban sobre Kaa, la ladrona nocturna, capaz de deslizarse por las ramas tan calladamente como crece el musgo, y de llevarse consigo al mono más fuerte de que se tenga noticia; la vieja Kaa, que podía hacerse pasar por rama muerta o tocón podrido y engañar aun a los más sabios, a quienes la rama atrapaba. Kaa era lo único que los monos temían en la selva, porque ninguno conocía los límites de su poder, ni podía verla a la cara ni había salido vivo de su abrazo. Así que huyeron, aterrados, hacia los muros y techos de las casas, y Baloo suspiró aliviado. Su piel era mucho más gruesa que la de Bagheera, pero había sufrido enormemente en la batalla. Kaa abrió la boca por primera vez y pronunció una palabra larga y siseante, de tal manera que, a lo lejos, los monos que corrían en defensa de las Guaridas Frías se detuvieron donde se hallaban, acobardados, hasta que las ramas sobrecargadas se doblaron y rompieron bajo su peso. Los monos en las paredes y las casas vacías interrumpieron sus gritos, y en medio de la quietud que se apoderó de la ciudad, Mowgli oyó que Bagheera se sacudía al salir del depósito. El clamor volvió a estallar en ese momento. Los monos brincaron más alto por las paredes. Se agarraron del cuello de los ídolos de piedra y chillaron mientras saltaban por las almenas, en tanto que Mowgli, bailando en la glorieta, se asomó por la celosía y graznaba como búho con los dientes del frente, en muestra de burla y desprecio.

—¡Saquen al cachorro de hombre de la trampa! Yo no puedo más —dijo Bagheera, resollando—. Tomemos al cachorro de hombre y marchémonos. Los monos podrían volver a atacar.

—No se moverán hasta que yo se lo ordene. ¡Quietosss! —siseó Kaa, y la ciudad se hundió otra vez en el silencio—. No pude llegar antes, hermana, pero creo haber oído tu llamado —añadió la serpiente, dirigiéndose a Bagheera.

—Quizá… quizá grité en medio de la batalla —respondió Bagheera—. ¿Estás herido, Baloo?

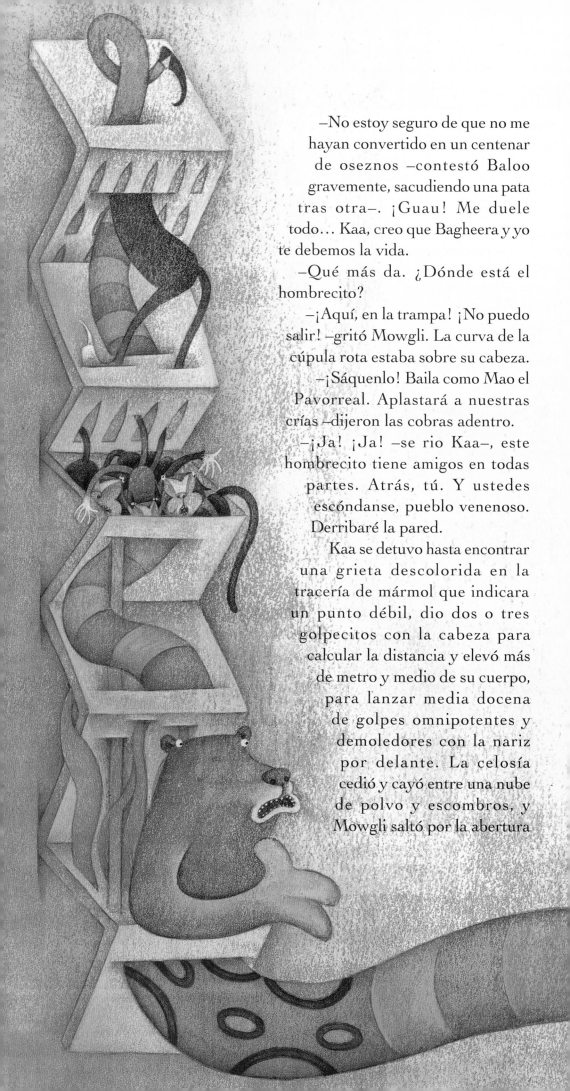

—No estoy seguro de que no me hayan convertido en un centenar de oseznos —contestó Baloo gravemente, sacudiendo una pata tras otra—. ¡Guau! Me duele todo… Kaa, creo que Bagheera y yo te debemos la vida.

—Qué más da. ¿Dónde está el hombrecito?

—¡Aquí, en la trampa! ¡No puedo salir! —gritó Mowgli. La curva de la cúpula rota estaba sobre su cabeza.

—¡Sáquenlo! Baila como Mao el Pavorreal. Aplastará a nuestras crías —dijeron las cobras adentro.

—¡Ja! ¡Ja! —se rio Kaa—, este hombrecito tiene amigos en todas partes. Atrás, tú. Y ustedes escóndanse, pueblo venenoso. Derribaré la pared.

Kaa se detuvo hasta encontrar una grieta descolorida en la tracería de mármol que indicara un punto débil, dio dos o tres golpecitos con la cabeza para calcular la distancia y elevó más de metro y medio de su cuerpo, para lanzar media docena de golpes omnipotentes y demoledores con la nariz por delante. La celosía cedió y cayó entre una nube de polvo y escombros, y Mowgli saltó por la abertura y fue a ponerse entre Baloo y Bagheera, un brazo alrededor de cada cuello enorme.

—¿Estás lastimado? —preguntó Baloo, abrazándolo dulcemente.

—Lastimado, hambriento y no poco magullado. Pero, ¡vaya que los trataron con rigor, hermanos! Están sangrando.

—También otros —dijo Bagheera, relamiéndose y mirando los monos muertos en la terraza y alrededor del depósito.

—No es nada, no es nada, estando tú a salvo, ¡mi orgullo entre todas las ranitas! —gimoteó Baloo.

—Eso lo juzgaremos después —dijo Bagheera, con una voz seca que a Mowgli no le gustó nada—. Pero aquí está Kaa, a quien debemos la batalla, y tú la vida. Agradécele de acuerdo con nuestras costumbres, Mowgli.

Éste se volvió y vio la cabeza de la gran pitón balanceándose un tanto por encima de la suya.

—Así que éste es el hombrecito —dijo Kaa—. Muy suave es su piel y es parecido a los Bandar-log. Ten cuidado, hombrecito, de que no te confunda yo con un mono una noche cuando acabe de cambiar de piel.

—Somos de la misma sangre, tú y yo —contestó Mowgli—. Te debo la vida hoy. Mi caza será tu caza si alguna vez tienes hambre, Kaa.

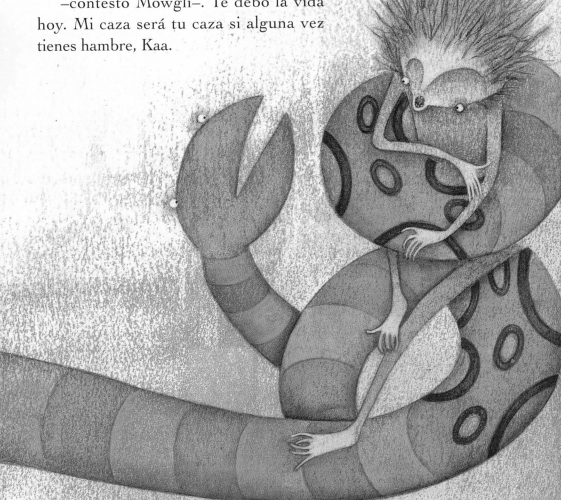

—Muchas gracias, Hermanito —dijo Kaa, aunque sus ojos parpadearon maliciosamente—. ¿Y qué puede matar tan valiente cazador? Pregunto por si puedo seguirlo la próxima vez que vaya de cacería.

—No mato nada (soy demasiado pequeño), pero llevo las cabras donde otros puedan servirse de ellas. Cuando estés vacía, búscame, y ve si digo la verdad. Tengo cierta habilidad en éstas —estiró las manos—, y si alguna vez caes en una trampa, puedo pagarte la deuda que tengo contigo, y con Bagheera y Baloo. ¡Buena caza para todos, señores míos!

—¡Bien dicho! —gruñó Baloo, porque Mowgli había dado las gracias en forma por demás apropiada.

La pitón apoyó ligeramente la cabeza en el hombro de Mowgli por un momento.

—Un corazón valiente y una lengua cortés —dijo—. Ambos te llevarán lejos en la selva, hombrecito. Pero márchate ya con tus amigos. Vete a acostar, porque la luna va en retirada, y no es bueno que veas lo que vendrá.

La luna se hundía detrás de las montañas, y las filas de estremecidos monos que se agolpaban en los muros y almenas parecían una cresta desgarrada y vacilante. Baloo bajó al depósito a beber y Bagheera se dedicó a poner su piel en orden, mientras Kaa se deslizaba hasta el centro de la terraza y cerraba la boca con un zumbido que atrajo las miradas de todos los monos.

—La luna se oculta —dijo—. ¿Aún hay suficiente luz para que puedan verme?

Desde los muros llegó un gemido como el del viento en las copas de los árboles:

—Todavía te vemos, Kaa.

—Bueno. Ahora empezará el baile, la Danza del Hambre de Kaa. No se muevan y observen.

Se enrolló entonces dos o tres veces formando un gran círculo, y moviendo la cabeza a diestra y siniestra. Luego comenzó a hacer

óvalos y ochos con el cuerpo, y triángulos gelatinosos y suaves que se volvían cuadrados, pentágonos y montículos anillados. No descansaba, ni se apresuraba, ni interrumpía su canción zumbadora. Cada vez estaba más oscuro, hasta que al fin dejaron de verse las variables ondulaciones de la pitón, aunque no de oírse los crujidos de sus escamas.

Baloo y Bagheera se paralizaron como piedras, gruñendo apenas y erizando el pelaje de su cuello, mientras Mowgli observaba maravillado.

–Bandar-log –dijo Kaa al fin–, ¿pueden mover los pies o las manos sin que yo se lo ordene? ¡Hablen!

–¡Sin tu orden no podemos mover pies ni manos, Kaa!

–¡Bien! Den todos un paso hacia mí.

Las filas de monos avanzaron sin remedio, y, con ellas, Baloo y Bagheera dieron un reluctante paso al frente.

–¡Más cerca! –silbó Kaa, y todos se movieron de nuevo.

Mowgli puso sus manos sobre Baloo y Bagheera para alejarlos, y las dos grandes fieras echaron a andar como si despertaran de un sueño.

–Mantén tu mano en mi hombro –murmuró Bagheera–. Manténla ahí, o regresaré… regresaré con Kaa. ¡Aah!

–Es sólo la vieja Kaa haciendo círculos en el suelo –dijo Mowgli–. Vámonos.

Y los tres se escurrieron por una grieta en las murallas hacia la selva.

–¡Uf! –dijo Baloo cuando se halló otra vez bajo los árboles quietos–. Nunca más volveré a aliarme con Kaa –y se sacudió todo.

–Ella sabe más que nosotros –señaló Bagheera, temblando–. Si me hubiera quedado un rato más, habría ido a dar directo a su garganta.

–Muchos harán ese camino antes de que la luna vuelva a salir –aseguró Baloo–. Kaa tendrá una buena caza, a su manera.

–Pero, ¿qué significó todo eso? –preguntó Mowgli, que no sabía nada acerca de los poderes de encantamiento de una pitón–. No vi más que una serpiente inmensa haciendo círculos absurdos hasta que oscureció. Y su nariz estaba muy inflamada. ¡Ja, ja!

–Tenía inflamada la nariz por tu culpa, Mowgli –dijo Bagheera con enfado–, como mordidos están mis orejas, costados y patas, y el cuello y los hombros de Baloo. Ni él ni yo podremos cazar a gusto muchos días.

–No es nada –dijo Baloo–; recuperamos al cachorro de hombre.

–Cierto, pero nos costó mucho tiempo que habría podido dedicarse a una buena caza, así como heridas, pelo (a mí medio me despelucaron el lomo) y, por último, honor. Porque (recuérdalo, Mowgli), yo, que soy la Pantera Negra, tuve que llamar a Kaa para que me protegiera, y Baloo y yo quedamos aturdidos como pajarillos por la Danza del Hambre. Todo esto ocurrió, cachorro humano, porque te dio por jugar con los Bandar-log.

–Es verdad, es verdad –dijo Mowgli, apesadumbrado–. Soy un mal cachorro de hombre, y mi pecho está triste en mí.

–¡Mf! ¿Cómo dice la ley de la selva, Baloo?

Baloo no quería meter a Mowgli en más problemas, pero no podía falsear la ley, así que musitó:

–El arrepentimiento no libra del castigo. Pero recuerda, Bagheera, que él es muy chico aún.

–Lo recordaré. Pero hizo mal, y eso merece un par de golpes. ¿Tienes algo que decir, Mowgli?

–Nada. Hice mal. Baloo y tú están heridos. Es justo.

Bagheera le dio media docena de golpecillos, desde el punto de vista de una pantera (apenas si habrían azorado a uno de sus cachorros), pero para un niño de siete años equivalieron a una golpiza que habría sido preferible evitar. Al cabo de todo, Mowgli estornudó, y se irguió sin decir palabra.

–Ahora –dijo Bagheera–, salta sobre mi lomo, Hermanito, y vayamos a casa.

Una de las maravillas de la ley de la selva es que el castigo remedia todas las disputas. No hay regaños después.

Mowgli apoyó la cabeza en el lomo de Bagheera y durmió tan profundamente que no despertó cuando lo metieron en la cueva donde vivía.

Canción de camino
de los Bandar-log

Vamos aquí en festonada carroza,
¡a medio camino a la luna celosa!
¿No envidian ustedes las bandas maestras?
¿No querrían acaso tener manos extra?
¿No querrían poseer curvas colas
de arcos de Cupido, como olas?
No se enfaden ni inquieten, hermanos;
¡la cola les asoma por el rabo!
Nos sentamos en fila en la rama
a pensar en las cosas ufanas;
a soñar en proezas que haremos
en uno o dos minutos, no sabemos;
algo noble, bueno y sabio
que sólo por desear se vuelva acto.
No se asusten ni inquieten, hermanos;
¡la cola les asoma por el rabo!
Todo lo que vocifera
murciélago, ave o fiera
(pelo, aleta, escama o pluma),
¡mezclemos y digamos como espuma!
¡Excelente! ¡Increíble! ¡Otra vez!
¡Ya hablamos como hombres!, ¿no lo ves?
Finjamos, no se inquieten, hermanos;
¡la cola les asoma por el rabo!
Tal es de los monos el arcano.
Únanse a las filas que ondulan por los pinos,
cohete alto y ligero de las uvas silvestres.
El caos a nuestro paso y nuestro noble ruido
¡anuncian lo cercano de cosas excelentes!

"¡Al tigre! ¡Al tigre!"

¿Y la caza, valiente cazador?
Mucha vigilancia y poco sol.
¿Y la presa que traerías?
En el bosque todavía.
¿Dónde tu orgullo y poder?
Del costado ha de verter.
¿Dónde la prisa al partir?
En mi hoyo he de morir.

Volvamos ahora al primer cuento. Cuando Mowgli abandonó la cueva de los lobos tras pelear con la manada en la Roca del Consejo, bajó a las tierras de labranza donde vivían los campesinos; pero no se quedó ahí, porque estaba demasiado cerca de la selva, y sabía que en el Consejo tenía al menos un feroz enemigo. Así que siguió el tosco camino que llevaba al valle, y continuó a paso veloz por unos treinta kilómetros hasta que llegó a un país que no conocía. El valle se abría ahí en una llanura enorme salpicada de rocas y atravesada por cañadas. En un extremo descansaba una aldea, y en el otro la selva espesa topaba de pronto con pastizales, y se detenía sin más, como cortada por un azadón. En la llanura pacían vacas y búfalos, y cuando los

niños a cargo de éstos vieron a Mowgli, gritaron y huyeron, y ladraron los perros escuálidos que merodean por todos los pueblos de la India. Mowgli siguió su marcha, porque tenía hambre, y cuando llegó a la entrada de la aldea vio hecho a un lado el gran arbusto espinoso que se ponía frente a ella al anochecer.

"¡Uy!", se dijo, pues en sus andanzas nocturnas en pos de comida se había topado ya con más de una barricada como ésa. "Aquí también muchos hombres temen al pueblo de la selva." Se sentó junto a la entrada, y cuando un hombre salió, Mowgli se paró, abrió la boca y apuntó hacia ella para indicar que quería comida. El hombre lo miró y echó a correr por la única calle de la aldea, clamando por el sacerdote, un hombre alto y gordo vestido de blanco y con un símbolo rojo y amarillo en la frente. El sacerdote acudió a la entrada, y con él al menos un centenar de personas, que miraban, hablaban y gritaban señalando a Mowgli.

"¡El pueblo de los hombres no tiene modales!", se dijo Mowgli. "Sólo el mono gris se comportaría de esta forma." Echó atrás su largo cabello y frunció el ceño ante la muchedumbre.

–¿A qué temer? –preguntó el sacerdote–. Miren las marcas en sus brazos y piernas. Son mordidas de lobos. No es más que un niño lobo que escapó de la selva.

Al jugar juntos, muchas veces los lobeznos habían mordido a Mowgli más fuerte de lo que querían, y por eso él tenía blancas cicatrices en piernas y brazos. Pero Mowgli habría sido el último en el mundo en llamarles mordidas, porque sabía lo que éstas significaban en verdad.

–¡Arre! ¡Arre! –gritaron dos o tres mujeres juntas–. ¡Mordido por los lobos, pobrecito! Es un niño hermoso. Tiene los ojos como carbones ardientes. Por nuestro honor, Messua, que se parece al hijo que te llevó el tigre.

–Déjenme ver –dijo una mujer con pesados brazaletes en las muñecas y los tobillos, y observó a Mowgli protegiéndose del sol con una mano en la frente–. Es cierto. Éste es más flaco, pero tiene el mismo aspecto de mi muchacho.

El sacerdote era un hombre astuto, y sabía que Messua era la esposa del vecino más rico del lugar. Así que miró al cielo un momento y dijo solemnemente:

—Lo que la selva te hurtó, la selva te lo ha devuelto. Llévate al chico a tu casa, hermana mía, y no olvides honrar al sacerdote, que ve tan lejos en la vida de los hombres.

"¡Por el toro que me salvó", se dijo Mowgli, "esta cháchara es como otro examen de la manada! Bueno, si soy un hombre, en hombre debo convertirme."

El gentío se dispersó mientras la mujer le hacía señas a Mowgli para que fuera a su choza, donde había una cama roja barnizada, un inmenso granero de adobe con bellos relieves, media docena de cazos de cobre, una imagen de un dios hindú en una alcoba pequeña, y en la pared un espejo de verdad, como los que venden en las ferias rurales.

Ella le dio un gran vaso de leche y un poco de pan, y luego puso la mano sobre su cabeza y lo miró a los ojos, pensando en si aquél sería realmente su hijo vuelto de la selva donde el tigre se lo había llevado. Así que le dijo:

—¡Nathoo, Nathoo!

Mowgli no dio muestras de conocer este nombre.

—¿No te acuerdas del día en que te regalé unos zapatos nuevos?

Le tocó los pies, y estaban casi tan duros como un cuerno.

—No —dijo con tristeza—, estos pies nunca han usado zapatos, pero te pareces mucho a mi Nathoo, y serás mi hijo.

Mowgli se sentía incómodo, porque jamás había estado bajo techo. Pero al mirar el tejado de paja se dio cuenta de que podría salir en cualquier momento si quería escapar, y de que la ventana no tenía pasador. "¿De qué sirve un hombre", se dijo al fin, "si no entiende las palabras de los hombres? Soy tan tonto y ridículo aquí como lo sería un hombre con nosotros en la selva. Debo hablar su lengua."

No por casualidad había aprendido entre los lobos a imitar el quién vive de los gamos y el gruñido del jabalí. Así, en cuanto Messua decía una palabra, Mowgli la imitaba casi a la perfección, y antes de que oscureciera había aprendido los nombres de muchas cosas en la choza.

Hubo una dificultad a la hora de acostarse, porque Mowgli no dormiría bajo algo que pareciera una trampa para panteras, y cuando cerraron la puerta, salió por la ventana.

—Déjalo hacer lo que quiera —dijo el esposo de Messua—. Recuerda que nunca ha dormido en una cama hasta ahora. Si de

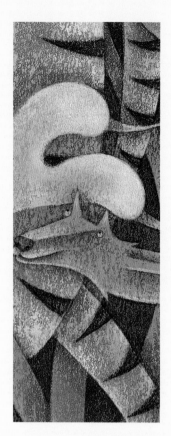

verdad se le envió en lugar de nuestro hijo, no huirá.

Mowgli se tendió sobre la larga y limpia hierba en un extremo del campo, pero antes de cerrar los ojos un suave hocico gris lo acarició bajo el mentón.

–¡Fiu! –prorrumpió el Hermano Gris (el mayor de los cachorros de Mamá Loba)–. ¡Qué pobre recompensa por seguirte treinta kilómetros! Hueles a humo de leña y a ganado, justo como un hombre ya. Despierta, Hermanito; te traigo noticias.

–¿Están bien todos en la selva? –preguntó Mowgli, abrazándolo.

–Todos excepto los lobos que se quemaron con la Flor Roja. Ahora escucha: Shere Khan se fue a cazar lejos hasta que el pelo le vuelva a crecer, porque se le achicharró. Juró sepultar tus huesos en el Waingunga cuando regrese.

–Hay dos voces en esto. Yo también hice una promesa. Pero las noticias siempre son buenas. Estoy cansado esta noche, muy cansado con tantas novedades, Hermano Gris, pero nunca dejes de traerme noticias.

–¿No olvidarás que eres un lobo? ¿Los hombres no te harán olvidarlo? –preguntó ansioso el Hermano Gris.

–Nunca. Siempre recordaré que te quiero, y a todos en nuestra cueva. Pero también recordaré siempre que me echaron de la manada.

–Y que podrían echarte de otra más. Los hombres no son más que hombres, Hermanito, y su palabra es como la de las ranas en el estanque. Cuando vuelva, te esperaré en los bambúes, a la orilla de los pastizales.

En los tres meses siguientes Mowgli apenas si se alejó de la entrada del pueblo, tan ocupado estaba en aprender los usos y costumbres de los hombres. Primero tuvo que cubrirse con paños, que le molestaban sobremanera, y luego debió aprender todo lo relativo al dinero, que no entendía en lo más mínimo, y al arado, al que no le veía utilidad. Aparte, los niños de la aldea lo hacían enojar mucho. Por fortuna, la ley de la selva le había enseñado a

mantener la calma, porque en la selva la vida y el alimento dependen de eso; pero cuando se burlaban de él porque no jugaba ni volaba cometas, o porque pronunciaba mal alguna palabra, sólo la noción de que era antirreglamentario matar cachorros indefensos le impedía agarrarlos y partirlos en dos.

No conocía en nada su propia fuerza. En la selva sabía que era débil en comparación con las fieras, pero en el pueblo la gente decía que era tan fuerte como un toro.

Además, Mowgli no tenía la menor idea de las diferencias de casta entre un hombre y otro. Cuando el burro del alfarero se hundía en el fango, él lo sacaba jalándolo de la cola, y ayudaba a apilar las vasijas para su traslado al mercado de Khanhiwara. Esto también era muy ofensivo, porque el alfarero es un hombre de casta inferior, y su burro más todavía. Cuando el sacerdote lo reprendió, Mowgli lo amenazó con ponerlo sobre el burro también, y el sacerdote le dijo al esposo de Messua que Mowgli haría bien en ponerse a trabajar lo más pronto posible; así, el jefe de la aldea dijo a Mowgli que tendría que salir con los búfalos al día siguiente, y cuidarlos mientras pastaban. Nadie se sintió más complacido que el muchacho; y esa noche, nombrado ya servidor de la aldea, asistió a un círculo que siempre se reunía al oscurecer en una plataforma bajo una higuera enorme. Era la tertulia del pueblo, y en ella se congregaban y fumaban el jefe, el vigía, el barbero —al tanto de todos los chismes de la aldea— y el viejo Buldeo, el cazador del pueblo y dueño de un mosquete antiguo. Los monos se sentaban a su vez a conversar en las ramas superiores del árbol, y en un agujero bajo la plataforma vivía una cobra, a la que cada noche daban un plato de leche por creerla sagrada. Los viejos se sentaban alrededor del árbol a charlar, y a chupar las grandes huqas (pipas) hasta bien entrada la noche. Contaban relatos maravillosos de dioses, hombres y fantasmas; y Buldeo refería unos más sorprendentes aún, sobre las costumbres de las bestias en la selva, al grado de que a los niños que se sentaban fuera del círculo se les desorbitaban los ojos. La mayoría de las historias trataban de animales, por estar la selva a la puerta. Venados y jabalíes comían sus cultivos, y de vez en cuando el tigre se llevaba a un hombre al anochecer, a la vista misma de la entrada de la aldea.

Mowgli, que naturalmente sabía algo acerca del tema de que hablaban, tenía que cubrirse la cara para que no lo vieran reírse;

y mientras Buldeo, con el mosquete sobre las rodillas, pasaba de un cuento maravilloso a otro, a Mowgli le temblaban los hombros.

Buldeo explicaba que el tigre que se había robado al hijo de Messua era un tigre fantasma, y que su cuerpo estaba habitado por un perverso usurero muerto años antes.

—Y sé que esto es verdad —dijo— porque Purun Dass siempre cojeó por el golpe que recibió en un disturbio, cuando quemaron sus libros de cuentas, y el tigre del que hablo cojea también, porque sus huellas son desiguales.

—Cierto, cierto, es verdad —confirmaron los ancianos de grises barbas, asintiendo juntos con la cabeza.

—¿Todos sus cuentos son como telarañas y ensoñaciones? —inquirió Mowgli—. Ese tigre cojea porque así nació, como sabe todo el mundo. Hablar del alma de un usurero en una bestia que nunca tuvo el valor de un chacal es cuento de niños.

Buldeo se quedó mudo y pasmado un momento, y el jefe miró al chico.

—¡Ah! Eres el muchacho de la selva, ¿no? —dijo Buldeo—. Si eres tan sabio, lleva entonces la piel de ese tigre a Khanhiwara, porque el gobierno ha ofrecido cien rupias por su vida. Y mejor todavía, nunca interrumpas a tus mayores.

Mowgli se paró para irse.

—He pasado aquí toda la noche escuchando —dijo por encima del hombro— y, excepto una o dos veces, Buldeo no ha dicho una sola palabra de verdad acerca de la selva, que está a sus mismas puertas. ¿Cómo creeré, entonces, los cuentos de fantasmas, dioses y duendes que dice haber visto?

—Ya es hora de que este muchacho se vaya a pastorear —dijo el jefe, en tanto que Buldeo bufaba y resoplaba por la impertinencia de Mowgli.

Es costumbre en la mayoría de los pueblos indios que chicos lleven a las vacas y los búfalos a pastar a primera hora de la mañana, y los devuelvan en la noche. El mismo ganado que mataría a pisotones a un hombre blanco permite ser golpeado, incitado y reñido por niños que apenas le llegan al hocico. Mientras los muchachos no se aparten de la manada, estarán seguros, porque ni siquiera el tigre atacará un ganado numeroso. Pero si se desvían para recoger flores o cazar lagartos, podrían correr peligro. Mowgli cruzó al amanecer la calle de la aldea, sentado en el lomo de Rama,

el gran toro del rebaño. Los búfalos, de color azul pizarra, largos cuernos echados atrás y ojos fieros, se levantaron uno a uno en sus establos y lo siguieron, y él dejó muy en claro ante los niños a su alrededor que era el amo. Golpeó a los búfalos con un bambú largo y pulido, e indicó a Kamya, uno de los chicos, que cuidara al ganado mientras él seguía con los búfalos, y que tuviera cuidado de no separarse del rebaño.

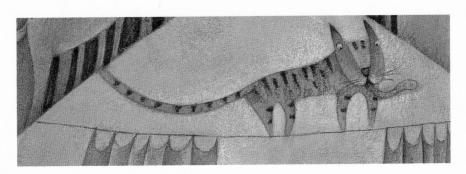

Un pastizal en la India es todo rocas, matorrales, monte y pequeñas barrancas, entre los que los rebaños se dispersan y desaparecen. Los búfalos acuden por lo general a las lagunas y lugares pantanosos, donde se echan para revolcarse o se deleitan en el fango caliente durante horas. Mowgli los llevó a la orilla de la llanura, donde el Waingunga emergía de la selva; luego resbaló del cuello de Rama, corrió hacia un grupo de bambúes y ahí encontró al Hermano Gris.

—¡Vaya! —dijo éste—, te he esperado aquí muchos días. ¿Qué significa eso de que te ocupes del ganado?

—Es una orden —respondió Mowgli—. Seré pastor por ahora. ¿Qué noticias hay de Shere Khan?

—Volvió a este país, y lleva mucho tiempo esperándote. Se fue hoy, porque la caza escasea. Pero tiene la intención de matarte.

—¡Muy bien! —dijo Mowgli—. Mientras él esté lejos, tú o uno de tus hermanos se colocarán en esta roca para que yo pueda verlos al salir de la aldea. Cuando él regrese, aguárdame en la cañada junto al árbol de *dhak*, en el centro de la llanura. No tenemos por qué ir a meternos solos a la boca de Shere Khan.

Mowgli eligió entonces un lugar sombreado y se acostó y se durmió en tanto los búfalos pastaban en torno suyo. El pastoreo en la India es una de las actividades más perezosas del mundo. El ganado se desplaza y mordisquea, se echa, vuelve a moverse y ni siquiera muge. Sólo gime, aunque los búfalos rara vez lo hacen; se sumergen en los pantanos uno tras otro, y se abren paso en el fango hasta que sólo su hocico y sus ojos, fijos y azules, aparecen en la superficie, y entonces se tienden como leños. El sol hace

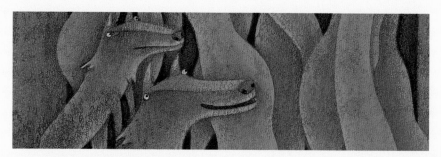

vibrar las rocas bajo el calor, y los pastores oyen silbar a un halcón (nunca más de uno) tan alto que casi no pueden verlo; y saben que si murieran, o muriera una vaca, el ave descendería al instante, y el siguiente halcón a kilómetros de distancia lo vería bajar y lo imitaría, y luego el siguiente, y el siguiente, y antes siquiera de que los pastores o la vaca estuvieran muertos habría una veintena de hambrientos halcones salidos de quién sabe dónde. Luego los muchachos se duermen, se despiertan y se vuelven a dormir; tejen cestos con hierba seca y meten saltamontes en ellos, o atrapan dos mantis religiosas y las ponen a pelear, o ensartan collares de nueces de la selva, rojas y negras; o contemplan a un lagarto tendido en una roca, o a una serpiente que caza a una rana junto a los pantanos. Después entonan canciones muy largas con extraños trinos nativos al final, y el día parece más extenso que la vida de la mayoría de la gente; y tal vez hacen castillos de lodo, con hombres, caballos y búfalos, y ponen carrizos en las manos de los primeros pretendiendo que son reyes y las demás figuras sus ejércitos, o dioses a los cuales venerar. Llega así la noche y los niños gritan, y los búfalos abandonan uno por uno el viscoso fango, con ruidos como disparos de armas, y todos atraviesan la llanura gris de vuelta a las titilantes luces de la aldea.

Mowgli llevó día tras día a los búfalos hasta aquellos pantanos, y día tras día veía el lomo del Hermano Gris a más de dos kilómetros de distancia, al otro lado de la llanura (así sabía que Shere Khan no había vuelto aún), y día tras día se echaba en la hierba a escuchar los ruidos a su alrededor, y a soñar en los viejos tiempos en la selva. Si Shere Khan hubiera dado un paso en falso

con su pata coja en los bosques junto al Waingunga, Mowgli lo habría oído en esas mañanas largas y tranquilas.

Al fin llegó un día en que no vio al Hermano Gris en el lugar convenido, y se rio y llevó a los búfalos por la cañada junto al árbol de *dhak*, cubierto de flores de un rojo dorado. Ahí estaba el Hermano Gris, erizados los pelos de su lomo.

—Se escondió un mes para que bajaras la guardia. Anoche cruzó las montañas con Tabaqui, siguiendo tu rastro —dijo el lobo, jadeando.

Mowgli frunció el ceño.

—No le tengo miedo a Shere Khan, pero Tabaqui es muy astuto.

—No temas —dijo el Hermano Gris, relamiéndose un tanto—. Encontré a Tabaqui al amanecer. Que les cuente toda su sabiduría a los halcones, porque me lo dijo todo antes de que yo le partiera el espinazo. El plan de Shere Khan es esperarte esta noche en la entrada de la aldea, a ti y a nadie más. Ahora está echado en la gran barranca seca del Waingunga.

—¿Ha comido hoy, o caza con el estómago vacío? —preguntó Mowgli, pues la respuesta significaba vida o muerte para él.

—Mató al amanecer (un jabalí), y ha bebido también. Recuerda que Shere Khan no pudo ayunar nunca, ni siquiera en plan de venganza.

—¡Ah! ¡Insensato, insensato! ¡Doble cachorro es él! Comió, y bebió también, ¡y así cree que esperaré a que se duerma! ¿Dónde está echado? Si fuéramos diez, podríamos abatirlo tendido. Estos búfalos no atacarán si no lo husmean, y yo no sé hablar su lengua. ¿Podríamos seguir su rastro para que ellos puedan olerlo?

—Nadó Waingunga abajo para evitar eso —replicó el Hermano Gris.

—Tabaqui se lo dijo, lo sé. A él nunca se le hubiera ocurrido. —Mowgli puso un dedo sobre su boca, pensando—. La gran cañada del Waingunga… Esto va a dar a la llanura a menos de ochocientos metros de aquí. Yo puedo llevar el rebaño a través de la selva, hasta la parte superior de la cañada, y luego bajar a toda prisa… pero él escaparía por la parte inferior. Debemos bloquear ese extremo. Hermano Gris, ¿puedes dividir en dos el rebaño?

—Tal vez yo no, pero traje un buen ayudante.

El Hermano Gris corrió a meterse en un agujero. De ahí salió luego una enorme cabeza gris que Mowgli conocía bien, y el aire

cálido se llenó con el estruendo más desolado de la selva toda: el aullido de caza de un lobo a mediodía.

–¡Akela! ¡Akela! –exclamó Mowgli, batiendo palmas–. Debí saber que no me olvidarías. Tenemos un trabajo muy importante entre manos. Divide en dos el ganado. Junta a las vacas y los becerros, y aparte a los toros y búfalos de labor.

Los dos lobos corrieron, como jugando, y entraban y salían del rebaño, que bufaba y levantaba la cabeza, hasta que lo separaron en dos grupos. En uno, las hembras tenían a sus crías en el centro, y miraban y pateaban alertas por si un lobo se quedaba quieto, para atacarlo y quitarle la vida aplastándolo. En el otro, toros y novillos resoplaban y pisoteaban; pero aunque parecían más imponentes, eran mucho menos peligrosos, porque no tenían becerros que proteger. Ni siquiera seis hombres habrían podido dividir tan bien el rebaño.

–¡Qué más ordenas! –dijo Akela, jadeando–. Quieren volver a juntarse.

Mowgli se deslizó sobre el lomo de Rama.

–Lleva a los toros a la izquierda, Akela. Hermano Gris, cuando nos hayamos ido, tú mantén reunidas a las vacas y llévalas al pie de la cañada.

–¿Qué tan lejos? –inquirió el Hermano Gris, resollando y crepitando.

–Hasta que los lados sean más altos de lo que Shere Khan puede saltar –gritó Mowgli–. Consérvalas ahí hasta que lleguemos.

Los toros iniciaron su marcha al ladrido de Akela, y el Hermano Gris se colocó frente a las vacas. Ellas cargaron contra él, y corrió delante hasta el pie de la cañada, mientras Akela conducía los toros a la izquierda.

–¡Bien hecho! ¡Otra embestida y estarán a punto! ¡Cuidado ahora! ¡Cuidado, Akela! Un estallido más y embestirán los toros.

¡Hujah! Este trabajo es más endemoniado que el de arrear gamos negros. ¿Pensaste que estas criaturas podrían correr tan rápido? –gritó Mowgli.

–Sí, también las cacé en mis tiempos –resolló Akela en medio del polvo–. ¿Las lanzo a la selva?

–¡Sí! Lánzalas. ¡Lánzalas pronto! Rama está furioso. ¡Si pudiera decirle para qué lo necesito hoy!

Los toros fueron conducidos entonces a la derecha, y se adentraron atropelladamente en la espesura. Al ver el ganado a medio kilómetro de distancia, los pastores corrieron a la aldea a lo más que daban sus piernas, gritando que los búfalos se habían vuelto locos y huido.

Pero el plan de Mowgli era muy sencillo. Lo único que quería hacer era formar un gran círculo montaña arriba, llegar a la parte superior de la cañada y hacer que los toros bajaran por ella, para atrapar a Shere Khan entre aquéllos y las vacas; porque sabía que después de una buena comida y bebida, Shere Khan no estaría en condiciones de pelear ni de trepar por los costados de la cañada. Calmaba ahora a los búfalos con su voz, y Akela se había desplazado a la zaga, gimiendo apenas una o dos veces para apurar a la retaguardia. Era un círculo inmenso, porque no querían acercarse demasiado a la cañada y dar aviso a Shere Khan de su presencia. Mowgli reunió por fin a su alrededor al asombrado rebaño en lo alto de la cañada, en un tramo de pastos que bajaba pronunciadamente al barranco. Desde allí se veían las copas de los árboles en la llanura; pero Mowgli se fijó en los lados de la barranca, y vio con enorme satisfacción que se tendían en línea casi recta arriba y abajo, mientras que ni vides ni enredaderas que colgaban de ellos ofrecían asidero a un tigre que quisiera salir por ahí.

–¡Dejemos que respiren, Akela! –dijo Mowgli, levantando la mano–. No lo han olido aún. Que respiren. Debo hacerle saber a Shere Khan quién está aquí. Lo tenemos en la trampa.

Se llevó las manos a la boca y gritó hacia la cañada –como si gritara en un túnel–, y el eco resonó de roca en roca.

Tras un largo rato respondió el gruñido vacilante y adormilado de un tigre bien comido que acaba de despertar.

–¿Quién me llama? –preguntó Shere Khan, y un pavorreal espléndido alzó vuelo en la cañada, chillando.

—¡Yo, Mowgli! ¡Ha llegado la hora de que te presentes en la Roca del Consejo, robavacas! ¡Suéltalos ya, Akela! ¡Abajo, Rama, abajo!

El rebaño hizo una pausa por un instante en la orilla de la pendiente, pero Akela dio el grito de guerra a todo su poder, y uno tras otro los animales se precipitaron como navíos a la corriente, piedras y arena saltando en torno suyo. Una vez iniciada la estampida, era imposible pararla; y antes de que llegaran propiamente al fondo de la cañada, Rama detectó a Shere Khan y mugió.

—¡Ah! ¡Ah! —vociferó Mowgli, en su lomo—. ¡Ahora ya lo sabes! —y el torrente de cuernos negros, hocicos espumados y ojos fijos se dejó caer por la barranca como rocas en días de crecida, mientras los búfalos débiles eran echados a los lados, donde arrancaban las enredaderas.

Sabían todos la labor que les aguardaba: el terrible ataque de un rebaño de búfalos, contra el que ningún tigre puede esperar prevalecer. Shere Khan oyó el trueno de sus pezuñas, se levantó y echó a andar pesadamente por la cañada, buscando a un lado y otro una vía de escape; pero las paredes de la cañada eran muy rectas, y tuvo que quedarse ahí, atontado como se sentía por haber comido y bebido y deseando hacer cualquier otra cosa más que pelear. El rebaño atravesó chapoteando la laguna de la que él acababa de separarse, mugiendo y haciendo retumbar el angosto paso. Mowgli oyó una respuesta desde el pie de la cañada, vio que Shere Khan se volvía (el tigre sabía que, si las cosas empeoraban, era preferible enfrentar a los toros que a las vacas con sus becerros) y Rama dio entonces un traspié, tropezó y continuó encima de algo blando; y con los toros pisándole los talones, cayó de lleno sobre el otro rebaño, mientras los búfalos débiles volaban por los aires a causa de la fuerza del encuentro. Esta embestida condujo a ambos rebaños a la llanura, dando cornadas, coces y bufidos. Mowgli vio llegada su hora y resbaló del cuello de Rama, para propinar golpes a diestra y siniestra con su palo.

—¡Rápido, Akela! ¡Divídelos! ¡Dispérsalos, o pelearán entre sí! ¡Llévatelos, Akela! ¡Ey, Rama! ¡Ey, ey, ey!, hijos míos. ¡Despacio ahora, despacio! Todo ha terminado.

Akela y el Hermano Gris corrían de un lado a otro mordiendo las piernas de los búfalos; y aunque el rebaño se volvió para cargar

de nuevo contra la cañada, Mowgli logró dar vuelta a Rama, y los demás lo siguieron a los pantanos.

Shere Khan no necesitaba más pisoteos. Había muerto, y los halcones llegaban ya en pos de él.

—¡Hermanos, ésta ha sido la muerte de un perro! —exclamó Mowgli, echando mano del cuchillo que llevaba siempre enfundado al cuello desde que vivía entre los hombres—. Pero jamás habría dado pelea. Su piel lucirá bien en la Roca del Consejo. ¡Pongámonos a trabajar rápidamente!

Un muchacho educado entre los hombres jamás habría soñado con desollar solo un tigre de tres metros de largo; pero Mowgli sabía mejor que nadie cómo se ajusta al cuerpo la piel de un animal, y cómo arrancársela. Sin embargo, era un trabajo arduo, y Mowgli cortó, desgarró y masculló durante una hora, mientras los lobos lo veían con la lengua de fuera, o se acercaban y tiraban de la piel como él les ordenaba. Una mano cayó entonces sobre su hombro, y al volverse vio a Boldeo con su mosquete. Los niños habían propalado en el pueblo la estampida de los búfalos y, enfadado, Buldeo salió con el ansia de corregir a Mowgli por no cuidar bien el rebaño. Los lobos huyeron en cuanto vieron llegar al hombre.

—¿Qué tontería es ésta? —preguntó Buldeo, molesto—. ¡Crees que puedes desollar un tigre! ¿Dónde lo mataron los búfalos? Y es el tigre cojo, además, por cuya cabeza ofrecen cien rupias. ¡Vaya, vaya! Pasaremos por alto que hayas dejado dispersar al rebaño, y quizá te daré una de las rupias de la recompensa cuando haya llevado la piel a Khanhiwara.

Buscó en su abrigo un pedernal y un trozo de acero, y se agachó para quemar los bigotes de Shere Khan. La mayoría de los cazadores nativos queman siempre los bigotes de un tigre para impedir que su espíritu los persiga.

—¡Hum! —farfulló Mowgli mientras retiraba la piel de una de las patas delanteras—. Así que llevarás la piel a Khanhiwara para recibir la recompensa, y quizá me des una rupia… Pero en mi mente está que yo necesitaré la piel para mi propio uso. ¡Eh! ¡Viejo, aleja ese fuego!

—¿Qué manera de hablar es ésa al jefe de los cazadores de la aldea? Tu suerte y la estupidez de tus búfalos te ayudaron en esta caza. El tigre acababa de comer, o para este momento ya habría recorrido treinta kilómetros. Ni siquiera puedes desollarlo bien,

ladronzuelo, pero le ordenas a Buldeo que no queme sus bigotes. Mowgli, no te daré una sola anna de la recompensa, sino una buena paliza. ¡Deja el cadáver!

—Por el toro que me salvó —dijo Mowgli, que ya llegaba al hombro del animal—, ¿debo quedarme parloteando con un viejo simio toda la tarde? ¡Ven acá, Akela! Echa a este hombre, que me fastidia.

Buldeo, aún inclinado sobre la cabeza de Shere Khan, se vio de pronto tirado en la hierba con un lobo gris encima, al tiempo que Mowgli seguía desollando al tigre como si estuviera solo en toda la India.

—Sí —dijo entre dientes—. Tienes toda la razón, Buldeo. Nunca me darás un anna de la recompensa. Había una antigua guerra entre este tigre cojo y yo… una guerra muy antigua, y… y yo gané.

Para hacer justicia a Buldeo, si hubiera sido diez años más joven habría enfrentado a Akela de haberlo encontrado en el bosque; pero un lobo que obedecía las órdenes de este muchacho, con guerras privadas contra tigres devoradores de hombres, no era un animal común. Todo esto era brujería, magia de la peor especie, pensó Buldeo, y se preguntó si el amuleto en su cuello lo protegería. Se quedó quieto, esperando ver a Mowgli convertirse en tigre en cualquier momento.

—¡Maharajá! Gran Rey —exclamó por fin, en un ronco murmullo.

—¿Sí? —dijo Mowgli, sin volver la cabeza, sonriendo un poco.

—Soy un hombre viejo. No sabía que fueras algo más que un pastor. ¿Puedo levantarme e irme, o tu sirviente me hará pedazos?

—Vete, y que la paz sea contigo. Sólo que para la próxima no te metas con mi caza. Suéltalo, Akela.

Buldeo se marchó cojeando al pueblo lo más rápido que pudo, volteando por encima del hombro por si Mowgli se transformaba en algo terrible. Cuando llegó a la aldea, contó una historia de magia, encantamiento y brujería que hizo lucir muy grave al sacerdote.

Mowgli continuó con su trabajo, pero era casi de noche cuando los lobos y él terminaron de arrancar la piel enorme y luciente del cuerpo del tigre.

—Ahora hay que esconder esto y llevar a los búfalos a casa. Ayúdame a reunirlos, Akela.

El rebaño se congregó en medio de la niebla del anochecer, y cuando todos llegaron cerca de la aldea, Mowgli vio luces y oyó el resonar de las caracolas y el doblar de las campanas del templo. La mitad del pueblo parecía estar esperándolo en la entrada. "Quizá se deba a que maté a Shere Khan", se dijo. Pero una lluvia de piedras silbó en sus oídos, y los vecinos gritaron:

—¡Hechicero! ¡Hijo de lobos! ¡Demonio de la selva! ¡Lárgate! ¡Vete de una vez, o el sacerdote te volverá lobo de nuevo! ¡Dispara, Buldeo, dispara!

El viejo mosquete hizo fuego con un estruendo, y un joven búfalo mugió de dolor.

—¡Más brujería aún! —gritaron los vecinos—. ¡Él puede desviar las balas! ¡Buldeo, ése fue tu búfalo!

—¿Qué ocurre? —preguntó Mowgli atónito, mientras la lluvia de piedras se intensificaba.

—Estos hermanos tuyos no son distintos a la manada —dijo Akela, sentándose gravemente—. Está en mi cabeza que, si algo significan las balas, es contra ti.

—¡Lobo! ¡Lobezno! ¡Vete ya! —vociferó el sacerdote, agitando una vara de la planta sagrada del *tulsi*.

—¿Otra vez? La anterior fue porque era hombre. Ahora porque soy lobo. Vámonos, Akela.

Una mujer —era Messua— llegó corriendo hasta el rebaño y clamó:

–¡Hijo mío, hijo mío! Dicen que eres un hechicero que puede convertirse en fiera a voluntad. Yo no lo creo, pero vete o te matarán. Buldeo asegura que eres un mago, pero yo sé que has vengado la muerte de Nathoo.

–¡Regresa, Messua! –gritó la multitud–. Regresa, o te apedrearemos.

Mowgli sonrió forzadamente un instante, porque una piedra acababa de darle en la boca.

–¡Vuelve, Messua! –rogó–. Éste es uno más de los cuentos absurdos que ellos relatan bajo el gran árbol al anochecer. Al menos he pagado la vida de tu hijo. Adiós, y corre cuanto puedas, porque lanzaré dentro el rebaño más rápido que sus pedrones. No soy ningún mago, Messua. ¡Adiós! –Y gritó–: ¡Junta otra vez el rebaño, Akela!

Los búfalos ansiaban volver al pueblo. Apenas si necesitaban que Akela los instara a hacerlo, y arremetieron contra las puertas como un torbellino, dispersando a la multitud a izquierda y derecha.

–¡Cuéntenlos! –gritó Mowgli con desdén–. Tal vez me robé uno. Cuéntenlos, porque ya no los apacentaré. Que les vaya bien, hijos de hombres; y den gracias a Messua de que no entre con mis lobos ni los cace en sus calles.

Giró sobre sus talones y se marchó, en compañía del Lobo Solitario; y al mirar las estrellas se sintió feliz.

–Nunca más dormiré en una trampa, Akela. Recojamos la piel de Shere Khan y vámonos. No le haremos daño a la aldea, porque Messua fue buena conmigo.

Cuando la luna se alzó sobre la llanura, haciéndola parecer toda de leche, los aterrados lugareños vieron a Mowgli, con dos lobos tras él y un bulto atado en su cabeza, correr al trote propio de los lobos, que consume largos kilómetros como fuego. Luego hicieron repicar las campanas del templo y resonar las caracolas más fuerte que nunca. Messua lloraba, y Buldeo engalanaba la historia de sus aventuras en la selva, hasta llegar a decir que Akela se paraba sobre sus patas traseras y hablaba como un hombre.

La luna se ocultaba apenas cuando Mowgli y los dos lobos llegaron a la montaña de la Roca del Consejo, y se detuvieron en la cueva de Mamá Loba.

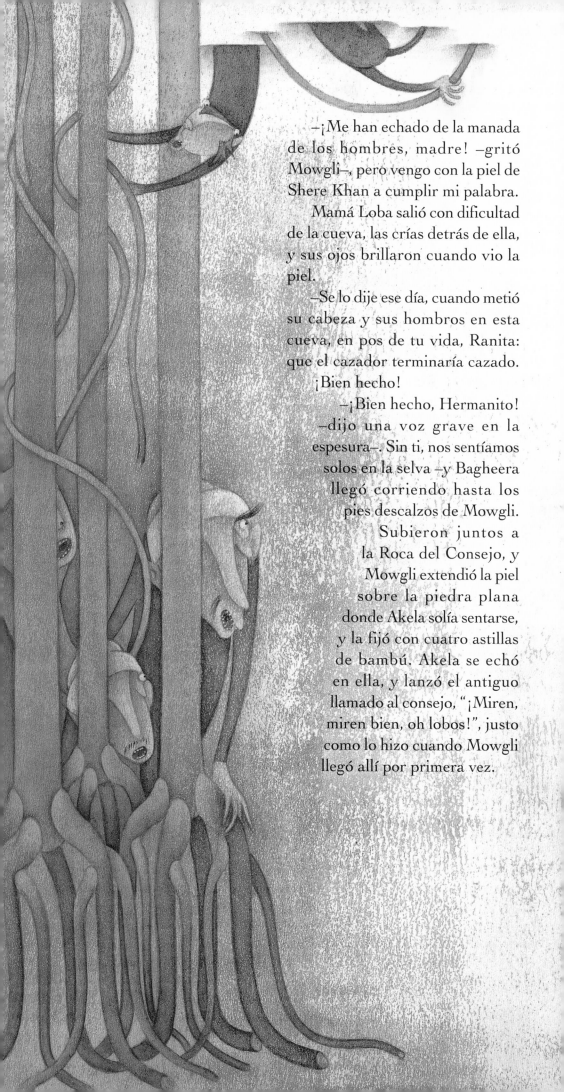

–¡Me han echado de la manada de los hombres, madre! –gritó Mowgli–, pero vengo con la piel de Shere Khan a cumplir mi palabra.

Mamá Loba salió con dificultad de la cueva, las crías detrás de ella, y sus ojos brillaron cuando vio la piel.

–Se lo dije ese día, cuando metió su cabeza y sus hombros en esta cueva, en pos de tu vida, Ranita: que el cazador terminaría cazado. ¡Bien hecho!

–¡Bien hecho, Hermanito! –dijo una voz grave en la espesura–. Sin ti, nos sentíamos solos en la selva –y Bagheera llegó corriendo hasta los pies descalzos de Mowgli.

Subieron juntos a la Roca del Consejo, y Mowgli extendió la piel sobre la piedra plana donde Akela solía sentarse, y la fijó con cuatro astillas de bambú. Akela se echó en ella, y lanzó el antiguo llamado al consejo, "¡Miren, miren bien, oh lobos!", justo como lo hizo cuando Mowgli llegó allí por primera vez.

Desde que Akela fue destituido, la manada se había quedado sin jefe, y cazaba y peleaba a su gusto. Pero respondió al llamado por costumbre, aunque algunos de sus miembros estaban cojos por las trampas en que habían caído, y otros rengueaban a causa de heridas de bala, y otros más estaban sarnosos por tragar comida mala, y muchos faltaban. Sin embargo, todos los que restaban entre ellos llegaron a la Roca del Consejo, y vieron la piel rayada de Shere Khan en la piedra, y las enormes garras colgando en la punta de las patas vacías. Fue entonces cuando Mowgli compuso una canción que salió de su garganta por sí sola, y la entonó en voz alta, saltando sobre la espléndida piel y llevando el ritmo con los talones hasta quedarse sin aliento, mientras el Hermano Gris y Akela aullaban entre las estrofas.

–¡Miren bien, oh lobos! ¿Cumplí mi palabra? –preguntó Mowgli.

Y los lobos, ladrando como perros, respondieron:

–Sí.

Un lobo maltrecho aulló:

–¡Guíanos otra vez, Akela! ¡Guíanos otra vez, cachorro de hombre!, porque estamos hartos de este desorden, y seríamos de nuevo el Pueblo Libre.

–No –ronroneó Bagheera–, eso no puede ser. Cuando su hambre haya sido satisfecha, la locura podría volver a apoderarse de ustedes. No en vano se les llama Pueblo Libre. Lucharon por la libertad, y ahora es suya. ¡Devórenla, lobos!

–La manada de los hombres y la de los lobos me echaron por igual –dijo Mowgli–. Ahora cazaré solo en la selva.

–Y nosotros contigo –dijeron los cuatro lobeznos.

Así que Mowgli se fue y cazó con ellos en la selva desde aquel día. Pero no siempre estuvo solo, porque años después se hizo hombre y se casó.

Canción de Mowgli

QUE ENTONÓ EN LA ROCA DEL CONSEJO CUANDO
BAILÓ SOBRE LA PIEL DE SHERE KHAN

He aquí la canción de Mowgli. Yo, Mowgli, la entono. Que la selva escuche las cosas que he hecho.

Shere Khan dijo que me mataría, ¡me mataría! ¡Que a las puertas del anochecer mataría a Mowgli, la Rana!

Comió y bebió. Bebe mucho, Shere Khan, porque, ¿cuándo volverás a beber? Duerme y sueña con tu presa.

Estoy solo en los pastizales. ¡Ven conmigo, Hermano Gris!

¡Ven conmigo, Lobo Solitario, pues hay caza mayor aquí!

Trae a los grandes búfalos, a los toros de piel azul y ojos iracundos. Llévalos de un lado a otro, como ordeno.

¿Duermes aún, Shere Khan? Despierta, ¡despierta! Aquí estoy yo, y los toros vienen detrás.

Rama, el Rey de los Búfalos, pisoteó con su pie. Aguas del Waingunga, ¿dónde fue Shere Khan?

No es Ikki para cavar agujeros, ni Mao el Pavorreal que debería volar. No es Mang el Murciélago para colgar de las ramas. Pequeños bambúes que crujen juntos, díganme dónde escapó.

¡Oh! Ahí está. ¡Ajú! Ahí está. ¡Bajo las patas de Rama yace el cojo! ¡Arriba, Shere Khan!

¡Levántate y mata! Aquí hay carne; ¡quiebra el cuello a los toros!

¡Shh!

Está dormido. No lo despertemos, pues grande es su fuerza. Los halcones bajaron a verlo. Las negras hormigas han venido a conocerlo. Hay una gran asamblea en su honor.

¡Alalá! No tengo ropa con que cubrirme. Los halcones verán que estoy desnudo. Me avergüenza estar frente a toda esta gente.

Préstame tu piel, Shere Khan. Préstame tu piel rayada para ir a la Roca del Consejo.

Por el toro que me salvó hice una promesa, una pequeña promesa.

Sólo falta tu piel para cumplir mi palabra.

Con el cuchillo, con el cuchillo que los hombres usan, con el cuchillo del cazador, me agacharé por mi botín.

Aguas del Waingunga, Shere Khan me regala su piel por el amor que me tiene. ¡Tira ahí, Hermano Gris! ¡Tira allá, Akela! Pesada es la piel de Shere Khan.

La manada de los hombres está furiosa. Arroja piedras y habla como un niño.

Mi boca sangra. ¡Huyamos!

A través de la noche, a través de la cálida noche, corran veloces conmigo, hermanos míos. Dejemos las luces de la aldea y vayamos a la luna baja.

Aguas del Waingunga, la manada de los hombres me ha echado. Yo no le hice ningún daño, pero ella me temía. ¿Por qué?

Manada de los lobos, tú también me echaste. La selva está vedada para mí y las puertas de la aldea me están cerradas. ¿Por qué?

Como vuela Mang entre las fieras y las aves, así vuelo yo entre el pueblo y la selva. ¿Por qué?

Bailo sobre la piel de Shere Khan, pero mi corazón está triste. Mi boca está cortada y herida con las piedras de la gente, pero mi corazón está dichoso, porque he vuelto a la selva. ¿Por qué?

Estos dos sentimientos luchan en mí como serpientes en un manantial. Agua de mis ojos sale; pero río mientras cae. ¿Por qué?

Soy dos Mowglis, mas la piel de Shere Khan está bajo mis pies.

Toda la selva sabe que maté a Shere Khan. ¡Miren, miren bien, oh lobos!

¡Ea! Mi corazón está triste por las cosas que no comprendo.